青少年精品故事丛书

温暖一生的亲情故事

重新寻回难得的感动，重新唤起对真善美的追求！

QINGSHAONIAN JINGPIN KEWAI YUEDU XILIE

畅销版

课外阅读系列

本书从浩如烟海的故事中，精选了适合青少年阅读的，短小精悍、鲜为人知的名人小故事。涵盖为人处世的方方面面，做人道理，对培养青少年人格的塑造有着深远的影响。

本书编写组◎编

中国出版集团

世界图书出版公司

图书在版编目（CIP）数据

温暖一生的亲情故事 /《温暖一生的亲情故事》编写组编. —广州：广东世界图书出版公司，2010. 4 （2021.5 重印）

ISBN 978 - 7 - 5100 - 2219 - 7

Ⅰ. ①温… Ⅱ. ①温… Ⅲ. ①故事 - 作品集 - 世界 Ⅳ. ①I14

中国版本图书馆 CIP 数据核字（2010）第 070744 号

书　　名	温暖一生的亲情故事 WENNUAN YISHENG DE QINQING GUSHI
编　　者	《温暖一生的亲情故事》编写组
责任编辑	李欣鞠
装帧设计	李　超
责任技编	刘上锦　余坤泽
出版发行	世界图书出版有限公司　世界图书出版广东有限公司
地　　址	广州市海珠区新港西路大江冲 25 号
邮　　编	510300
电　　话	020-84451969　84453623
网　　址	http://www.gdst.com.cn
邮　　箱	wpc_gdst@163.com
经　　销	新华书店
印　　刷	三河市人民印务有限公司
开　　本	787mm × 1092mm　1/16
印　　张	10
字　　数	120 千字
版　　次	2010 年 7 月第 1 版　2021 年 5 月第 11 次印刷
国际书号	ISBN　978-7-5100-2219-7
定　　价	38.00 元

前　言

亲情就是亲人之间的情义，即父母和孩子之间的感情、兄弟姐妹之间的感情、爷孙之间的感情。

英国哲学家罗素说过：亲情——用爱播种、用血灌溉的田野。文学自从诞生以来，描述得最多的就是亲情。亲情是人世间最牢固、最深厚的爱，它构筑了人类社会爱的基石。亲情，是塑造优秀人格的人生教科书，是激发力量的精神源泉，是滋养心灵的情感雨露，对人的一生有重大影响。

父爱最无私、最坚实！父爱如山，坚强、伟岸，温馨而又含蓄，亲切而又遥远；父爱如伞，为你遮风挡雨；父爱如雨，为你濯洗心灵；父爱如路，伴你走完人生。母爱似水，母爱是源，无论你奔到哪里，身上流淌的，依然有不尽的源头之水。母爱如春天里温暖的阳光，也像婆娑的大树，让我们沐浴在明媚的春光之中，借着大树的绿阴庇护，如小草一样茁壮成长。世界上有千种爱，只有父母之爱最伟大；世界上有万般情，只有亲情最永恒。亲情无价，兄妹之情，更是最大的财富。

法国批判现实主义作家莫泊桑说过：一个人被那些由自己抚育的孩子围绕、疼爱、温存，对他说有趣的话，使得被冷落的心重归温暖，使得一切都受到安慰，那么这时候，老境始终是甜美的。这也正是情深似海的隔代之爱的体现。

《温暖一生的亲情故事》讲述了那些温暖人心的亲情故事：如山的父

爱、似水的母爱、手足的情深、情深似海的隔代之爱。这些故事内容虽平凡，思想却深刻，在呢喃细语中倾诉最温馨的世间真情。如果这份情让你热泪盈眶，请记下你心中的感动，用爱去回报父母的养育之恩，珍惜兄弟姐妹的手足情深，体验并享受情深似海的隔代之爱。

有一些事情，当我们年轻的时候，无法懂得；当我们懂得的时候，已不再年轻。世上有些东西可以弥补，有些东西永远无法弥补。让我们通过这些感人至深的小故事，一起来思索亲情、感悟亲情。

编 者

目　录

父爱如山

母爱似水

手足情深

隔代爱深似海

父爱如山

父爱最无私、最坚实！父爱如山，坚强、伟岸，温馨而又含蓄，亲切而又遥远；父爱如伞，为你遮风挡雨；父爱如雨，为你濯洗心灵；父爱如路，伴你走完人生。

我的哑巴爸爸

辽宁北部有一个中等城市铁岭，在铁岭工人街的街头，几乎每天清晨或傍晚，你都可以看到一个老头儿推着豆腐车慢慢走着，车上的蓄电池喇叭发出清脆的女声："卖豆腐，正宗的卤水豆腐！豆腐咧……"那声音是我的。那个老头儿，就是我的爸爸——我的哑巴爸爸。直到二十几岁，我才有勇气把自己的声音放在爸爸的豆腐车上，替换下他手里摇了几十年的铜铃铛。

两三岁时我就懂得了有一个哑巴爸爸是多么的"屈辱"，因此我从小就恨他。当我看到有的小孩儿被妈妈使唤着过来买豆腐，却拿起豆腐不给钱就跑，爸爸伸直脖子也喊不出声的时候，我不会像大哥一样追上那孩子揍两拳，而只是伤心地看着那情景，不吱一声。我不恨那孩子，只恨爸爸是个哑巴。尽管我的两个哥哥每次帮我梳头都疼得我龇牙咧嘴，我也还是坚持不再让爸爸给我扎小辫儿。妈妈去世的时候没有留下大幅遗像，只有出嫁前和邻居阿姨的一张合影，黑白的两寸片儿，爸爸被我冷淡的时候就翻过方镜支架的背面看妈妈的照片，直看到必须做活儿了，才默默地离开。

最可气的是别的孩子叫我"哑巴老三"（我在家中排行老三），骂不过他们的时候，我会跑回家去，对着正在磨豆腐的爸爸在地上划一个圈儿，中间唾上一口唾沫，虽然我不明白这究竟是什么意思，但别的孩子骂我的时候就这样做，我想，这大概是骂哑巴的最恶毒的表示了。第一次这样骂爸爸的时候，爸爸停下手里的活儿，呆呆地看了我好久，泪水像河一样淌下来。我很少看到他哭，但是那天他躲在豆腐坊里哭了一晚上。那是一种无声的悲泣。

因为爸爸的眼泪，我似乎终于为自己的屈辱找到了出口，以致以后的日子里，我会经常跑到他的跟前去，骂他，然后独自走开，剩他一个人发一阵子呆。只是后来他已不再流泪，他会把瘦小的身子缩成更小的一团，偎在磨杆上或磨盘旁边，显出更让我瞧不起的丑陋样子。

我要好好念书，上大学，离开这个人人都知道我爸爸是个哑巴的小村子！这是我当时最大的愿望。我不知道哥哥们是如何相继成了家，不知道爸爸的豆腐坊里又换了几根新磨杆，不知道冬来夏至那磨得没了沿锋的铜铃铛响过多少村村寨寨……只知道仇恨般地对待自己，发疯似的读书。

我终于考上了大学。爸爸头一次穿上 1979 年姑姑为他缝制的蓝褂子，坐在 1992 年初秋傍晚的灯下，表情喜悦，郑重地把一堆还残留着豆腐腥气的钞票送到我手上，嘴里哇啦哇啦地不停地“说”着，我茫然地听着他的热切和骄傲，茫然地看着他带着满足的笑容去通知亲戚邻居。当我看到他领着二叔和哥哥们把他精心饲养了两年的大肥猪拉出来宰杀掉，请遍父老乡亲庆贺我上大学的时候，不知道是什么碰到了我坚硬的心弦，我哭了。吃饭的时候，我当着大伙儿的面给爸爸夹上几块猪肉，我流着眼泪叫着：“爸，爸，您吃肉。”爸爸听不到，但他知道了我的意思，眼睛里放出从未有过的光亮，泪水和着散装高粱酒大口地喝下，再吃上女儿夹过来的肉。我的爸爸，他是真的醉了，他的脸那么红，腰杆儿那么直，手语打得那么潇洒！要知道，十八年啊，十八年，他从来没见过我对着他喊“爸爸”的口型啊！

爸爸继续辛苦地做着豆腐，用带着豆腐淡淡腥气的钞票供我读完大学。1996 年，我毕业分配回到了铁岭。安顿好了以后，我去接一直单独生活的爸爸来城里享受女儿迟来的亲情，可就在我坐着出租车回乡的途中，车出了事故。

我从大嫂那里知道了出事后的一切……

过路的人中有人认出这是老涂家的三丫头，于是腿脚麻利的大哥二哥、大嫂二嫂都来了，看着浑身是血不省人事的我哭成一团，乱了阵脚。最后赶来的爸爸拨开人群，抱起已被人们断定必死无疑的我，拦住路旁一辆大汽车。他用腿扛着我的身体，腾出手来从衣袋里摸出一大把卖豆腐的零钱塞到司机手里，然后不停地划着十字，请求司机把我送到医院抢救。嫂子说，一生懦弱的爸爸，那个时候，显出无比的坚强和力量！

在认真地清理伤口之后，医生让我转院，并暗示哥哥们，我已没有抢救价值，因为当时的我，几乎量不到血压，脑袋被撞得像个瘪葫芦。爸爸扯碎了大哥绝望之时为我买来的丧衣，指着自己的眼睛，伸出大拇指，比划着自己的太阳穴，又伸出两个手指指着我，再伸出大拇指，摇摇手，闭闭眼，那意思是说：“你们不要哭，我都没哭，你们更不要哭，你妹妹不会死的，她才 20 多岁，她一定行的，我们一定能救活她！”医生仍然表示无能为力，他让大哥对爸爸说：“这姑娘没救了，即使要救，也要花好多好多钱，就算花了好多钱，也不一定能行。”爸爸一下子跪在地上，又马上站起来，指指我，高高扬扬手，再做着种地、喂猪、割草、推磨杆的姿势，然后掏出已经掏空的衣袋儿，再伸出两只手反反正正地比划着，那意思是说：“求求你们了，救救我女儿，我女儿有出息、了不起，你们一定要救她。我会挣钱交医药费的，我会喂猪、种地、做豆腐，我有钱，我现在就有4000块钱。”医生握住他的手，摇摇头，表示这4000块钱是远远不够的。爸爸急了，他指指哥哥嫂子，紧紧握起拳头，表示：“我还有他们，我们一起努力，我们能做到。”见医生不语，他又指指屋顶，低头跺跺脚，把双手合起放在头右侧，闭上眼，表示：“我有房子，可以卖，我可以睡在地上，就算是倾家荡产，我也要我女儿活过来。”他又指指医生的心口，把双手放平，表示：“医生，请您放心，我们不会赖账的。钱，我们会想办法。”大哥把爸爸的手语哭着翻译给医生，不等译完，看惯了生生死死的医生已是泪流满面。爸爸那疾速的手势，深切而准确的表达，谁见了都会流泪！

医生又说：“即使做了手术，也不一定能救好，万一下不来手术台……”爸爸肯定地一拍衣袋，再平比一下胸口，意思是说：“你们尽力抢救，即使不行，钱一样不少给，我没有怨言。”伟大的父爱，不仅支撑着我的生命，也支撑起医生抢救我的信心和决心。我被推上了手术台。

爸爸守在手术室外，他不安地在走廊里来回走动，竟然磨穿了鞋底！他没有掉一滴眼泪，却在守候的十几个小时间起了满嘴大泡！他不停地混乱地做出拜佛、祈求天主的动作，恳求上苍给女儿生命！

天也动容！我活了下来。但半个月的时间里，我昏迷着，对爸爸的爱没有任何感应。面对已成“植物人”的我，人们都已失去信心。只有爸爸，他守在我的床边，坚定地等我醒来。他粗糙的手小心地为我按摩着，他不会发音的嗓子一个劲儿地对着我哇啦哇啦地呼唤着，他是在叫：“云丫头，你醒醒，云丫头，爸爸在等你喝新出的豆浆！”为了让医生护士们对我好，他趁哥哥换他陪床的空当，做了一大盘热腾腾的水豆腐，几乎送遍了所有外科医护人员，尽管医院有规定不准收病人的东西，但面对如此质朴而真诚的请求，他们轻轻接了过去。爸爸便满足了，更有信心了。他对他们比划着说：“你们是大好人，我相信你们一定能治好我的女儿！”这期间，为了筹齐医疗费，爸爸走遍他卖过豆腐的每一个村子，用他半生的忠厚和善良赢得了足以让他的女儿穿过生死线的支持，乡亲们纷纷拿出钱来，而父亲也毫不马虎，用记豆腐账的铅笔歪歪扭扭却认认真真地记下来：张三柱，

20 元；李刚，100 元；王大嫂，65 元……

半个月后的一个清晨，我终于睁开眼睛，看到一个瘦得脱了形的老头。他张大嘴巴，因为看到我醒来而惊喜地哇啦哇啦大声叫着，满头白发很快被激动的汗水濡湿。爸爸，我那半个月前还黑着头发的爸爸，半个月，老去 20 年！

我剃光的头发慢慢长出来了，爸爸抚摩着我的头，慈祥地笑着，曾经，这种抚摩对他而言是多么奢侈的享受啊。等到半年后我的头发勉强能扎成小刷子的时候，我牵过爸爸的手，让他为我梳头。爸爸变得笨拙了，他一丝一缕地梳着，却半天也梳不出他满意的样子来。我就扎着乱乱的小刷子，坐上爸爸的豆腐车改成的小推车上街去。有一次爸爸停下来，转到我面前，做出抱我的姿势，又做个抛的动作，然后捻手指表示在点钱：原来他要把我当豆腐卖喽！我故意捂住脸哭，爸爸就无声地笑起来，隔着手指缝儿看他，他笑得蹲在地上。这个游戏，一直玩到我能够站起来走路为止。

现在，除了偶尔的头疼外，我看上去十分健康。爸爸因此得意不已。我们一起努力还完了欠的债，爸爸也搬到城里和我一起住了，只是他勤劳了一生，实在闲不下来，我就在附近为他租了一间小棚屋做豆腐坊。爸爸做的豆腐，香香嫩嫩的，块儿又大，大家都愿意吃。我给他的豆腐车装上蓄电池喇叭，尽管爸爸听不到我清脆的叫卖声，但他是知道的，每当按下按钮，他就会昂起头来，满脸的幸福和知足。他对我当年的歧视竟然没有丝毫的记恨，以至于我都不忍向他忏悔了。

我常想：人间充满了爱的交响，我们倾听、表达、感受、震撼，然而我的哑巴父亲让我懂得，其实最大的音乐是无声。那是不可怀疑的力量，把我对爱的理解送到高处。

“隐形”的爱

我想象不出有多少个不眠之夜，父亲就这样坐在床头爱惜地抚弄着这些他生命里最引以为荣的珍宝。

9 岁的时候，妈妈离开了我和爸爸，去追求她自己的幸福，我一点都不恨她，真的。我和妈妈一样，从来都没喜欢过这个天天出现在我的视线里，让我叫他爸爸的男人。

妈妈原先是准备带我一块走的，但据说爸爸当时说什么也不肯，最后拿出了跟着他留在广州有利于我读书的“杀手锏”，从妈妈手里赢得了我。我有些恨自己为什么非得读书，在我年幼无知的眼里，跟着温柔体贴的妈妈一定比跟着这个苍老木讷的父亲强。

父亲还能为我做些什么？他是广州城一个最不起眼的电机厂里的一个普通得不能再普通的工人，干了十几年仍是每天拖着一身油污回家。小的时候我常想，妈妈一定是闻不惯那些油污味才离开我们的。

他生性沉默寡言，在他的面前我似乎也变得安静了许多，其实我骨子里继承了妈妈活泼好动的外向性格，在学校里可活跃着呢。特别是上了中学以后，我在学生会身兼数职，多多少少也算得上是学校里的风云人物，可这一切似乎都与这个天天出现在我身旁的人无关。

中学的第一学年结束时，我以名列前茅的优异成绩及在学生会的出色表现赢得了学校的嘉奖，怀揣着几张鲜红的奖状，我满心欢喜地哼着歌往家赶，希望有人能分享我成功的喜悦。

父亲给我的家是小巷深处一间仅有 12 平方米的小屋，他的工厂近两三年来不景气，他几乎处于半下岗的状态，时常待在家里。

远远的，我就看见他像往常一样定格在那张破旧的小木床上，神情永远都是那样的呆滞、沮丧……刹那间，我的心中涌起一种莫名的悲哀，并迅速地蔓延开来，一点一点地吞噬掉那前几秒钟还溢满心怀的无限欢愉。我发狠地将奖状塞进书包深处，咬着嘴唇一言不发地迈进家门。爸爸并未看出我的异样，又像往常一样赶忙端出早已准备好的饭菜，招呼我吃饭。

父亲的厨艺并不好，而且每天都是一成不变的一荤一素。当他将饭碗递到我面前时，我突然间非常讨厌这个对我表示关切的举动，“啪”的一下将碗打翻在地，然后对着他咆哮起来：“你除了每天让我吃这样难吃的饭菜，还能给我什么？”父亲呆住了。那晚我一直赌气地躺在自己的床上，听见他将饭菜拿到厨房里热了一遍又一遍，也许他真的从没想过除了每天为女儿准备一餐饭，他还能为女儿做些什么。

我恨他连一个拥抱也不曾给我。这年冬天，广州出奇的冷。一天夜里，我突然醒来，发现自己浑身烧得滚烫，喉咙干涩得几乎发不出声来。我跌跌撞撞地爬起来吃药，打翻了水杯，也惊醒了原本在外间鼾声如雷的父亲。

他奔进来看见烧得满面通红的我，立刻明白我病得不轻，连忙催促我穿上衣服去医院。我家附近就有一间大医院，步行只需十来分钟，我拖着软绵绵的身子走在一阵猛过一阵的寒风中，每一步都是那样的艰难。我多想让身旁的父亲伸开他有力的臂膀，搂着我前行啊！可父亲总是木讷的，他除了将身上的大衣脱下来给我披上，就不会做出任何可以让我感受温暖的亲昵举动了。

我在医院吊了一夜的针，父亲也守了我一夜，还冻得眼泪鼻涕直流。我很感激他这样对我，却不愿说出来，因为我还怨他在我最需要的时候，欠了我一个永远也无法弥补的拥抱。接下来的日子，我和父亲仿佛就像两个毫不相干的人，除了每天在一起吃一顿晚饭，彼此都回避着，不再过问对方的生活。我有意识地减少待在家里的时间，就连寒暑假也借口学校补课外出。

这天，一个要好的同学过生日，我在同学家里玩着便忘了时间，直到晚上 11 点多才记起回家。通往我家的那条巷子很长很黑，我从未在这么晚单独走过，想到下水道里时常会蹿出的大老鼠，我害怕得发抖。

我壮着胆儿战战兢兢地踏进那条巷子，可奇怪的是越往里走，就越感到眼前亮堂起来。走到离家约两百米的地方，我赫然看到一道耀眼的光束从前方直射过来。“难道是巷子里新装了路灯？”我寻思着快步向前走去。50 米、30 米、10 米……天哪，那个耀眼的光源居然就在我家门口，是他——父亲将屋里的灯泡拉出来，用右手高高地举着为我照亮……金黄而耀眼的光束阳光般地洒在他的身上，照得他那张皱纹密布的脸满是慈爱与安详，我第一次感到矮小瘦弱的父亲是那样高大与强壮，他举着的哪里只是一个小小的灯泡哟，那分明是“父爱”这两个金灿灿的大字啊！我感动得心头有些发酸，父亲待我进门后不声不响地将灯拉进屋，一句淡淡的“早些睡吧”，就让我将那已到嘴边的千言万语又给咽了下去。我的感激霎时又变成了怨恨。我多恨他连一个让我对他的爱说声“谢谢”的机会都不留下啊！

无情的洪魔

1978 年 8 月 1 日晚上 8 点左右，湖北省嘉鱼县接兴洲长江大堤突然决堤，洪魔卷起惊涛巨浪呼啸而出，100 多平方公里的美丽家园顿成泽国，50000余人被洪水围困。

梁冬华所在的村庄依山傍水，呈梯状布局。梁冬华的家在最低位置的河边，洪魔扑进梁家时，他刚刚哄女儿入睡，正准备洗碗做家务。见洪魔突然扑进，冬华大吃一惊。洪水流量的涨幅之快，是冬华平生未见过的。稍一迟疑，水已涨至大腿。

“不好啦，决堤了！”外面传来村民的惊慌呼叫。

在这危急时刻，冬华首先想到的是留在家中的另一个人——年仅1岁的女儿。他冲向卧室抱起熟睡的女儿欲往外冲，谁知一个浪打来，大门及窗户哗哗作响。浪头将冬华逼进屋内，水一下子涨至腹部。

“女儿不能浸水，否则有生命危险。”想到这，冬华急中生智，抓过浮在水面的女儿平时洗澡用的塑料盆，将女儿放在盆里，自己划着盆护着女儿顺流从敞开的后门游出。

外面一片漆黑。冬华原想护着女儿游向村后的小山，可是洪水太急，自己的腿又有伤，已力不从心，他只好顺流而下。

冬华护着盆中的女儿，犹如护着汪洋中的一条小船，就这样漂流着。不知道过了多久，梁冬华已精疲力竭，接连呛了好几口水。就在这时，他们漂到了一片树林里。冬华抓住一根树枝，顺着水势将女儿推向树干。这是一棵三杈树，树的分叉部位正好嵌上女儿的洗澡盆。冬华将女儿安置好，自己抱着树干稍作休息。

水仍在上涨，冬华明白，自己早晚会坚持不住，只要离开这棵树，父女必然葬身洪流，必须想个办法救下女儿才行！

冬华一手抱树，一手脱下衬衣。他用牙和手将衬衣撕成布条，结成两根布绳，再用布绳在盆子上套了一个十字捆，系在树上。唯恐不牢，他又换手脱下自己的长裤，用同样的方法将盆子绑成井字形，分别系在三根树枝上。他又除下身上唯一的内裤，用尽最后的力量撕成布条，圈在盆周围，布条如网一样将盆子紧紧网住。

做完这一切，冬华没有丝毫力气了，望了望熟睡的女儿，他笑了笑，松开了自己的双手。

天亮后，解放军救灾部队的冲锋舟在救援附近树上的群众时，听到了孩子醒来的哭叫声。冲锋舟驶近那棵树时，船上的指战员和先前被救起的群众惊呆了：这是人世间多么伟大的一种爱呀！

父爱就像梁冬华用布条编成的网，看似粗糙，孩子睡在里面却很安全。父爱像缕缕阳光，能给孩子一生的温暖。

父亲，我爱您

“您不配做父亲，您从来就没有了解过我的心情！”一个做儿子的对着他的父亲大声地吼叫。

“你太冲动了，再怎么不对，那也是你爸爸！”做哥哥的指责着弟弟。

做父亲的张开口想说却说不出半句话，强忍着将要爆发的怒火站在墙边半晌不动，睁着眼盯着越发激动的儿子。

做儿子的更激动了，委屈地继续吼叫：“我只是需要你们的理解！”

一个腊月二十八的晚上，一个幸福的家庭随着儿子的吼叫突然沸腾起来。刚开始，他们只是互相讨论父母与儿女之间的关系，后来演变成了儿子与父亲之间的争吵。

父亲是我父亲，和他争吵的正是我这个不孝子。争吵的内容是我渴望独立，渴望自由，渴望得到理解。争吵最后胜利的也许是我，但是我后悔不已。我伤了一个父亲的自尊心，令他在另外两个儿女的面前难以适从，失去了尊严与威严。

父亲一下子老了许多，脸上增添了许多皱纹，如沟壑纵横的山脉。他一定是意识到自己没有当好一个父亲，也在母亲的面前唠叨了不少，感觉愧疚。在往后的日子里，父亲对我态度也改变了很多，由琐碎的切身关心转变为默默支持与关怀。父亲辛苦多年，他用勤劳的双手支持我完成学业，他用带着疲惫的双眼陪伴我度过最漫长最煎熬的夜晚，他用一颗坚强的心抚慰着我那颗受伤的心。

高考前那几个月，由于忙于复习备考，我已经有两个多月没有回家了。我身心疲倦，缺乏动力，生活费也所剩无几。这时，父亲及时出现了，他特地给我送来生活费，给我带来温暖。记得这是我到城里读书，父亲第一次到我学校来。看着父亲慈祥善良的面庞，我心虚了，沉重了，原因是那次我和他刻骨铭心的争吵。父亲问是否要去拜访我的班主任，这是妈妈告诉他的，希望家长与老师谈谈我的情况，因为那时我在学校出了点意外。这话能出自父亲之口，我感到幸福极了。父亲离开学校之前，我和他在学校门口的一家小餐馆相对而坐，吃饭的时候我不知道该说些什么，因为我不敢正视他的眼睛，我害怕他看出我的心虚与自责。在车站与父亲等汽车的时候，由于我的不自在，父亲似乎看出了我内心的窘迫。父亲转向我说："在报考填写志愿表的时候多选择几所学校，这样被录取的机会就会大些。"

我默认地点点头。其实父亲对我的爱一直都存在，只是我一直没有勇气面对父亲的爱，也没有勇气表达我对父亲的爱。

父亲，真的很对不起，上次我与您的争吵，是我的错，希望您不要怪我。当然我知道父亲不会怪我，并且他还越来越按照我所希望的那样做一个称职的父亲。

高考结束，回家那天，我用最后一笔生活费给他买了一件衣服。虽然衣服价格不高，但也是我用省吃俭用剩下来的32元钱买的，相信父亲也能明白我的心意。

自从那次争吵后，父亲没有在我的眼前笑过，似乎他也在自责。父亲笑了，当他双手接过衣服的那一刻，他幸福地笑了。因为这是他的小儿子第一次给他买衣服，不管我送什么礼物，重要的是他认识到他的小儿子长大了。父亲还开起了玩笑："你这样节俭，要是你考不上大学，这件衣服我也不穿了，把它保留着！"

岁月无声，五个春秋悄然逝去。父亲仍然慈祥、善良，而我始终也没有勇气向父亲问候一句"您还好吗？"。直到今年春节过后，父亲驾车时摔倒，伤了手掌，我才借助电话相隔着千里问候他一声："您的手还疼吗？"坚强的父亲不想让远方的儿子担心，只轻描淡写地了句说"没事了"。

爱我的父亲，我伤了您对儿女的父爱。希望下一次回家，能对您说："父亲，我爱您！"

摔碎的心

灾难，在我未出生的时候就开始了。

我出生的时候就与众不同，苍白的脸色和淡淡蓝色的眉毛让一些亲朋纷纷劝告我的父母将我遗弃或者送人。但我的父母却坚信我是他们的骨肉，是他们的宝贝，用丝毫不逊色的爱呵护着我，疼爱着我。

我5岁的时候，深藏在我身体内的病魔终于狰狞着扑向我，扑向我的父母。在一场突然而至的将近40度的高烧中，我呼吸困难、手脚抽搐，经医生极力抢救，虽然脱险了，但也被确诊患有一种医学上称之为"法乐氏四联症”的先天性心脏病，这是目前世界上病情最复杂、危险程度最高、随时都可能停止呼吸和心脏跳动的顽症。

我在父母的带领下开始了在国内各大医院求医问诊之行，开始了整日鼻孔插导管的生活。我的父母仿佛一下都苍老了许多，但他们丝毫没有向病魔低头的意思，他们执拗地相信奇迹会在我身上发生。很快，家里能够变卖的都变卖了。小时候的我很天真，问母亲，为什么我的鼻子里总要插着管子，母亲告诉我，因为我得了很怪的感冒病，很快就会好的。

就这样，到了上学的年龄，我的“感冒”依然没有好，父亲将我送进了学校。我喜欢那里，那里有很多的小伙伴，还有许多的故事和童话，最重要的是，那里没有医院的气味。

因为身体虚弱，坐的时间稍久，我就胸闷得十分难受，只好蹲在座位上听课、看书、写作业……偶尔在课堂上发病，我就用一只手拼命地掐另一只胳膊，好不让自己因为痛苦而发出喊叫，我要做一个强者。尽管我常常会昏厥在课堂上，但临近小学毕业的时候，家里的墙壁上已经挂满了我获得的各种奖状。

16 岁那年的暑假，我又一次住进了北京的一家医院，我终于从病历卡上知道了自己患的是一种几近绝症的病。

死亡的恐惧是不是能够摧垮一切呢?

那天晚上，父亲依然像以往一样，将我喜欢的饭菜买来，摆放在我床头的柜子上，将筷子递给我：“快吃吧，都是你喜欢吃的……”我克制着让自己平静，可绝望还是疯狂地撕扯起我来，我放声哭了起来。

哭声中我哽咽着问父亲：“你们为什么一直在骗我？为什么……”

父亲在我的哭问中愣怔着，突然背转过身去，肩膀不停地抖动起来……

接下来的整整三个夜晚，我都是在失眠中度过的。

第四天清早，我将自己打扮整齐，趁没有人注意，悄悄溜出了医院。我知道，医院不远处有一家农药店，我要去那里买能够了结我生命的药物。我可以承受病魔的蹂躏，但我无法忍受父母被灾难折磨。我唯一能够帮助父母的，似乎只有杀掉病魔，而杀掉病魔的唯一方法就是结束我的生命。

就在我和老板讨价还价的时候，父亲从门外奔了进来，一把抱住我，我什么都看不到了，只感觉到父亲浑身都在抖颤着，我知道，父亲一定是在哭泣，在落泪……

那一晚，家里一片呜咽，而父亲却没有再掉泪。他只是在一片泪水的汪洋中，平静地告诉我："我们可以承受再大的灾难，却无法接受你无视生命的轻薄。"

因为爱父母，我想选择死亡；而父母却告诉我，爱他们就应该把生命坚持下来。

三天后，在市区那条行人如织的街路旁，父亲衣衫褴褛地跪在那里，脖子上挂着一块牌子，牌子上写着："……我的女儿得了一种绝症，她的心脏随时都可能停止跳动，善良的人们，希望你们能施舍你们的爱，帮助我的女儿走过死亡，毕竟她还只有16岁啊……"我是在听到邻居说父亲去跪乞后找过去的。

当时，父亲的身边围着一圈的人，人们看着那牌子，窃窃议论着，有人说是骗子在骗钱，有人吐痰到父亲身上……父亲一直垂着头，一声不吭。我分开人群，扑到父亲身上，抱住父亲，泪水又一次掉了下来……

父亲在我的哀求中不再去跪乞，他开始拼命地去做一些危险性比较高的工作，他说，那些工作的薪水高，他要积攒给我做心脏移植的手术费用。心脏移植，这似乎是延续我生命的唯一办法。但移植心脏就意味着在挽救一个人生命的同时，结束另一个人的生命啊，哪里会有心脏可供移植？可看着父亲坚定的眼神，我不敢说什么，也许，这是支撑他的希望，就让他希望下去吧，我能给父亲的安慰似乎只有默默地承受着他的疼爱。

直到有一天，我在整理房间的时候，从父亲的衣兜里发现了一份人身意外伤亡保险单和他写的一封信。那是一份给有关公证部门的信件，大意是说，他自愿将心脏移植给我，一切法律上的问题都和其他人没有任何关系……

原来，他是在有意接触高危工作，是在策划着用自己的死亡换我的生命啊！

我一个字都说不出来，只有泪水滂沱而落。那天晚上，我和父亲聊到很晚，我回忆了自己这些年和病魔拔河的艰难，但更多的是我从他和母亲身上领略到的温暖和爱。我告诉父亲："生命不在长短，要看质量，我得到太多太多来自您和妈妈的爱了，就是现在离开这个世界，我也会很幸福地离开……"

父亲无语，星月无语。

一天，我从学校回来，不见父亲，就问母亲。母亲告诉我："你爸爸去公证处去公证，想要把他的心脏移植给你，他表示自己是自愿的，和任何人都没有关系。可这是要死人的事情，公证处的工作人员没有受理，他又去医院问医生去了……”

母亲说着，掉着泪。我的心揪扯着疼了起来，我知道，那是因为受到父亲太重的爱挤压的疼痛。而我能做的，却只能是听任父亲安排。

那天晚上，父亲一脸灰暗地回来了。我看得出，一定是医生也不同意他的想法。

父亲不再去咨询什么移植的事情，开始垂头工作了，只是，依然是那些危险性很高的工作。我渴望生命的延续，但我更渴望鲜活的父亲。我的心里多少有了些安慰，以为一切都会在自然中继续下去。

7 个月后的一天，我将近 40 岁的父亲在一处建筑工地抬玉石板的时候，和他的另一个工友双双从 5 楼坠下。我赶到医院的时候，父亲已经没有了呼吸。听送他到医院的一些工友们讲，父亲坠下后，双手捂在胸口前……我知道，我知道，父亲在灾难和死亡突至的刹那，还惦挂着我，还在保护着他的心脏，因为，那是一颗他渴望移植给我的心脏！而原因，只是因为我是他的女儿。

父亲的心脏最终没有能够移植给我，因为那颗心脏在坠楼后被摔碎了。

天堂里人人都有皮鞋穿

小的时候，没有文化的父亲教育儿子：长大了穿皮鞋，当城里人。父亲说，他早年间到城里人家要饭，狗咬他，他拿打狗棍往狗嘴里戳，主人就拿穿皮鞋的脚踢他。

在上世纪 80 年代的鲁南农村，皮鞋是个稀罕物。“大皮鞋，呱呱叫，上火车，不要票！”小孩子几乎都会唱这段顺口溜。而对于像父亲这些穿了半辈子草鞋、布鞋的泥腿子们来说，皮鞋就是吃香喝辣过好日子的代名词。

记忆里，我第一次穿皮鞋是在 1982 年。那年我 4 岁，玩耍时不小心掉进了邻居家的地瓜窖里，摔断了腿。父亲用地排车把我拉到 30 里外的县城医院里，医生说，这孩子的腿保不住了，恐怕要截肢。父亲跪下就给医生磕头，磕了一头血包，医生只是叹息。父亲疯了一样拉着我换了一家又一家医院——孩子的脚都没有了，拿什么来穿皮鞋呢？

后来，几乎绝望的父亲把我抱到城郊医院的老先生面前，老先生在我腿上捏了几下，说："这孩子的腿能治。"父亲一下子又给老先生跪下了。

穷人家的孩子生命力就是顽强，同病房的几个城里断胳膊的人每天猪肉炖苔菜加白面馒头养着不见好，我吃着母亲从老家送来的地瓜煎饼和咸菜，腿却奇迹般地好起来。住了20多天，医生就通知我们出院了。

我在床上躺了3个月。一天中午，父母从地里回来，把我抱出来晒晒太阳。院子里有棵小槐树，我扶着它，慢悠悠地站起来，又试着向前挪了一步。"我能走路了！"听到我的喊声，父母从厨房里冲出来，看到我，他们泪水哗哗地往下淌。

那天的午饭，父亲买了5毛钱的豆腐，一家人改善生活——为了给我治腿，我们家已经算作赤贫了。下午，父亲没有下地，挎着炒好的一篮子花生进了城。在我出院后的每周里，父亲都要去这么一趟，先到工人文化宫前卖掉熟花生，再到医院里拿我一周用的药品。

那晚天黑了很长时间，父亲才顶着一头冰霜回来，进门就到我床前，满脸挂着笑。他变戏法似的从篮子里摸出一双鞋——皮鞋，又从被窝里掏出我的小脚丫，给我穿上，然后心满意足地欣赏着。"我儿子能穿皮鞋了！"他对母亲说。

我至今清楚地记得父亲说那句话时的样子。父亲的话给了我巨大的动力。几年后，我上学了，从小学一年级开始，我的成绩一路扶摇直上，到高一那年，周围几个村子的人们都提前喊我大学生了。

腊月二十七是我们镇上的大集。我穿着拖鞋，把自己唯一的一双白运动鞋洗了，准备过年。父亲杀了家里的一只羊，到集上卖肉换年货。下午的时候，他买了一双皮鞋——实际上是人造革的，喜滋滋地进了门。人家要20块，父亲还价10块，最后14块钱成交。他一高兴，拿成了两只一样的。父亲不肯吃饭，执意要骑着自行车去换。他回来的时候，外面纷纷扬扬飘起了大雪，饭已经凉了。

那是我穿的第二双皮鞋。看着头发眉毛上挂着雪花的父亲，我在心里发誓：将来挣了钱，一定给父亲买一双真正的皮鞋。

60多岁的父亲瞒着我到滕州城里收破烂，人家当破烂扔了一双皮鞋，父亲拾回来，准备回家擦洗一下，穿在脚上过年。晚上，一家人围在火炉边烤火，父亲宝贝似的捧着鞋擦洗。那年我上高三，印象里这是他穿过的第一双皮鞋。可父亲说，他年轻的时候，走南闯北，到大上海时脚上是穿过皮鞋的。看我不信，他有些生气，说："等你小子将来出息了，就给我买双皮鞋，要最好的！"

我不知道父亲年轻时穿没穿过皮鞋，只知道爷爷去世得早，父亲跟着奶奶到处逃荒要饭，再后来挑着货郎担子走街串巷，挣钱养活年幼的叔和姑，并给他们成了家，自己到30多岁才和我的母亲结婚。儿子还没长大，父亲已经老了。

我大学毕业领了第一个月的工资，花80多块钱给父亲买了一双百货大楼里打折的皮鞋。父亲不舍得穿，只在过年或走亲戚时穿穿，穿完就收起来。2002年国庆长假，父母一起来济南，父亲脚上穿的就是我给他买的那双皮鞋。他们在我家住了一周，就嚷嚷着要回去。父亲说："皮鞋有什么好，捂脚！哪有俺在老家穿布鞋舒服。"父亲不知道，儿子买的鞋质量太差，好皮鞋是不捂脚的。我就想着给父亲买双好皮鞋，这一想两年过去了，留给我一辈子的遗憾。

2004年3月，父亲在走亲戚的路上摔倒，高血压引发脑血栓，在医院里躺了一个月，最终没有站起来。到了中秋节，我从济南回老家看他，他已经瘦得没有人样。他抓住我的手，要我找给他买的那双皮鞋。母亲从柜子里翻出来给他，他拿着鞋哭了。皮鞋，对他来说，已经没有用了。

10月12日的夜里，叔家的大哥打电话告诉我父亲去世的消息。400多里路，我哭着赶回家。父亲弥留之际，母亲给他穿鞋，说："老头子，你这辈子落下个残废，到下辈子一定得穿鞋走路啊！"

那是一双我早就给他准备的送老鞋——一双布鞋，按照我们老家的习俗，人走是不能穿皮鞋的！

父亲下葬后的第二天，我把当年给他买的那双皮鞋以及他的衣物在他坟前烧掉。火光里，晃动着父亲当年冒雪给我买鞋时的情景。想起那句话：当父亲给儿子东西的时候，儿子笑了；当儿子给父亲东西的时候，父亲哭了。我止不住落泪。

父亲，你知道吗，在城里，也有人穿布鞋；也许只有在那美丽的天堂里，才人人都有皮鞋穿！

胡萝卜、鸡蛋和咖啡

一天，女儿满腹牢骚地向父亲抱怨生活的艰难。

父亲是一位著名的厨师。他平静地听完女儿的抱怨后，微微一笑，把女儿带进了厨房。父亲往3只同样大小的锅里倒进了一样多的水，然后将一根大大的胡萝卜放进了第一只锅里，将一个鸡蛋放进了第二只锅里，又将一把咖啡豆放进了第三只锅里，最后他把3只锅放到火力一样大的3个炉子上烧。

女儿站在一边，疑惑地望着父亲，弄不清他的用意。

20分钟后，父亲关掉了火，让女儿拿来两个盘子和一个杯子。父亲将煮好的胡萝卜和鸡蛋分别放进了两个盘子里，然后将咖啡豆煮出的咖啡倒进了杯子里。他指着盘子和杯子问女儿："孩子，说说看，你见到了什么？"

女儿回答说："还能有什么，当然是胡萝卜、鸡蛋和咖啡了。"

父亲说："你不妨碰碰它们，看看有什么变化。"

女儿拿起一把叉子碰了碰胡萝卜，发现胡萝卜已经变得很软。她又拿起鸡蛋，感觉到了蛋壳的坚硬。她在桌子上把蛋壳敲破，仔细地用手摸了摸里面的蛋白。然后她又端起杯子，喝了一口里面的咖啡。做完这些以后，女儿开始回答父亲的问题："这个盘子里是一根已经变得很软的胡萝卜；那个盘子里是一个壳很硬、蛋白也已经凝固了的鸡蛋；杯子里则是香味浓郁、口感很好的咖啡。"说完，她不解地问父亲，"亲爱的爸爸，您为什么要问我这么简单的问题？"

父亲严肃地看着女儿说："你看见的这些东西是在一样大的锅里、一样多的水里、一样大的火上用一样多的时间煮过的，可它们的反应却迥然不同。胡萝卜生的时候是硬的，煮完后却变得那么软，甚至都快烂了；生鸡蛋是那样的脆弱，蛋壳一碰就会碎，可是煮过后连蛋白都变硬了；咖啡豆没煮之前也是很硬的，虽然煮了一会儿就变软了，但它的香气和味道却溶进水里变成了可口的咖啡。"

父亲说完之后，接着问女儿："你像它们之中的哪一个？"

现在，女儿更有些摸不着头脑了，只是愣怔地看着父亲，不知如何回答。

父亲接着说："我想问你的是，面对生活的煎熬，你是像胡萝卜那样变得软弱无力，还是像鸡蛋那样变硬变强，抑或像一把咖啡豆，身体受损而不堕其志，无论环境多么恶劣，都向四周散发出香气，用美好的感情感染周围所有的人？简而言之，你应该成为生活道路上的强者，让你自己和周围的一切变得更好、更漂亮、更有意义。"

"你改变不了环境，但你可以改变自己；你改变不了事实，但你可以改变态度；你改变不了过去，但你可以改变现在；你不能控制他人，但你可以掌握自己；你不能预知明天，但你可以把握今天；你不可能样样顺利，但你可以事事尽心。"

瘸腿的名作家

从记事起，布鲁斯就知道自己的父亲与众不同。父亲的右腿比左腿短，走路总是一拐一拐的，不能像其他小朋友的父亲那样，把儿子顶在头上嬉戏奔跑。父亲不上班，每天在家里的打字机上敲呀敲，一切都显得平淡无奇。布鲁斯很困惑母亲怎么愿意嫁给这样的男人并和他很恩爱。母亲是个律师，有着体面的工作，长得也很好看。

小的时候，布鲁斯倒不觉得有个瘸腿的父亲有何不妥。但自从上学见了许多同学的父亲后，他开始觉得父亲有点窝囊了。他几个好朋友的父亲都非常魁梧健壮，平日里忙于工作，节假日则常陪儿子们打棒球和橄榄球。反观自己的父亲，不但是个残疾人，没有正经的工作，有时还要对布鲁斯来一顿苦口婆心的"教导"。

像许多少年人一样，布鲁斯喜欢打橄榄球，并因此和几位外校的橄榄球爱好者组成了一个队伍，每个周日都聚在一起玩。那个周日，和往常一样，布鲁斯和几个队友正欢快地玩着，突然来了一群打扮怪异的同龄人，要求和布鲁斯他们来一场比赛，谁赢了谁就继续占用场地。这是哪门子道理，这个球场是街区的公共设施，当然是谁先来谁用。布鲁斯和同伴们正要拒绝，其中两个将头发染成五颜六色的少年面露凶光，摆出一副不比赛你们也甭玩的样子。布鲁斯和同伴们虽然平时也爱热闹，有时甚至也跟别人吵吵架，但从不打架。看到来者不善，他们勉强点头同意了。

比赛结果，布鲁斯他们赢了。可恶的是，对方居然赖着不走。布鲁斯和同伴们恼火了，和一个自称头儿的人吵了起来。吵着吵着，对方竟然动手打人。一股抑制不住的怒火像火山一样爆发了，布鲁斯和同伴们决定以牙还牙。

争斗中，不知谁用刀子把对方一个人给扎了，正扎在小腿上，鲜血淋淋，刀子被扔在地上。其他同伴见势不妙，一个个都跑了，就剩下布鲁斯还在与对方厮打，结果被闻讯而来的警察抓个正着，于是布鲁斯成了伤人的第一嫌疑犯。

很快，躲在附近的布鲁斯的几个同伴也相继被找来了，他们没有一个人承认自己动了手，事情也几乎有了定论，伤人的就是布鲁斯。虽然对方伤势不重，但警察一定要通知家长和学校。布鲁斯所在的中学以校风严谨著称，对待打架伤人的学生的处罚非常严厉。布鲁斯懊恼不已，恨自己看错了这些所谓的朋友。然而，布鲁斯越是为自己辩解，警察就越怀疑他在撒谎。

一个多小时后，布鲁斯的父母和学校负责人在接到警察的电话通知后陆续赶来了。第一个到的是父亲，布鲁斯偷偷抬眼看了看父亲，马上又低下了头。父亲显得异常平静，一瘸一拐地走到布鲁斯面前，把布鲁斯的脸扳正，眼睛紧紧盯着布鲁斯，仿佛要看穿他的灵魂。“告诉我，是不是你干的？”布鲁斯不敢正视父亲灼灼的目光，只是机械地摇了摇头。

接着校长和督导老师也来了，他们非常客气地和布鲁斯的父亲握手，并称他为韦利先生。父亲不叫韦利，但韦利这个名字听上去很熟悉。

布鲁斯的父亲和校长谈了一会儿后，布鲁斯听见父亲对警察说：“我养的儿子，我最了解。他会跟父母斗气，会与同伴吵嘴，但是，拿刀扎人的事他绝对做不出来，我可以用我的人格保证。”校长接口说：“这是著名的专栏作家韦利先生，布鲁斯是他的儿子。布鲁斯平时在学校一向表现良好，我希望警察先生慎重调查这件事。有必要的话，请你们为这把刀做指纹鉴定。”

父亲和校长的那番话起了作用。当警察对布鲁斯和同伴们宣布要做指纹鉴定时，其中一个叫洛南的终于站出来承认是自己干的。那一刻，布鲁斯抑制不住的泪水夺眶而出，第一次扑在父亲怀里，大哭起来。此刻的他，觉得父亲是如此的伟岸。哭过之后，母亲也赶来了。布鲁斯迫不及待地问母亲：“爸爸真是那位鼎鼎大名的作家韦利吗？”母亲惊愕了一下，说：“你怎么想起这个问题？”布鲁斯把刚才听到的父亲与校长的对话告诉了母亲。

母亲微笑着点了点头：“这是真的。你爸爸曾是个业余长跑能手。在你两岁的时候，你在街上玩耍，一辆刹车失灵的货车疾驰而来，你被吓呆了，一动不动。你父亲为了救你，右腿被碾在车轮下。你父亲不让我透露这些，是怕影响你的成长；也不让我告诉你他是名作家，是怕你到处炫耀。孩子，你父亲是天底下最伟大的父亲，我一直都为他感到骄傲。”

布鲁斯激动不已，他没料到，自己引以为耻的父亲，曾经被自己冷落甚至伤害的父亲，会在自己最需要的时候，给予自己无比的信任。他知道，在扑到父亲怀里大哭那一刻，自己才真正明白父亲的伟大。

你总会和我在一起

在 4 分钟地震后的混乱和废墟中，一个年轻的父亲安顿好受伤的妻子，便冲向他 7 岁的儿子上学的学校。眼前，那个曾经充满孩子们欢声笑语的漂亮的三层教学楼，已变成一片废墟。

他顿时感到眼前一片漆黑，大喊：“阿曼达，我的儿子！”跪在地上大哭了一阵后，他猛然想起自己常对儿子说的一句话：“不论发生什么，我总会跟你在一起！”他坚定地站起身，向那片废墟走去。

他知道儿子的教室在一层楼的左后角处，便疾步走到那里，开始动手。

在清理挖掘时，不断有孩子的父母急匆匆地赶来，看到这片废墟，他们痛苦地大喊：“我的儿子！我的女儿！”哭喊之后，他们绝望地离开了。有些人上来拉住这位父亲说：“太晚了，他们已经死了。”这位父亲双眼直直地看着这些好心人，问道：“谁愿意帮助我？”没人给他肯定的回答，他便埋头接着挖。

救火队长挡住他：“太危险了，随时可能发生起火爆炸，请你离开！”这位父亲问：“你是不是来帮助我？”

警察走过来：“你很难过，难以控制感情，可这样不但不利于你自己，对他人也有危险，马上回家吧！”

“你是不是来帮助我？”

人们摇头叹息着走开了，都认为这位父亲因失去孩子而精神失常了。

他挖了 8 小时，12 小时，24 小时，36 小时，没有人再来阻挡他。他满脸灰尘，双眼布满血丝，浑身上下破烂不堪，到处是血迹。到第 38 小时，他突然听见底下传出孩子的声音："爸爸，是你吗？"

是儿子的声音！父亲大喊："阿曼达！我的儿子！"

"爸爸，真的是你吗？"

"是我，是爸爸！我的儿子！"

"我告诉同学们不要害怕，说只要我爸爸活着就一定来救我，也就能救出大家。因为你说过，不论发生什么，你总会和我在一起！"

"你现在怎么样？有几个孩子活着？"

"我们这里有 14 个同学，都活着，我们都在教室的墙角，房顶塌下来架成了个大三角形，我们没被砸着。"

父亲大声向四周呼喊："这里有 14 个孩子，都活着，快来人！"过路的几个人赶紧上前来帮忙。

50 分钟后，一个安全的小出口开辟出来了。

父亲声音颤抖地说："出来吧，阿曼达！"

"不！爸爸。先让别的同学出去吧！我知道你会跟我在一起，我不怕。不论发生了什么，我知道你总会跟我在一起。"

幸福的出租车

清晨 6 点，他已经开着出租车行驶在大街上。

今天的活很顺，快 12 点时，他已经拉了 30 多个人，进了 200 多块钱。送完一个赶火车的中年妇女，他把车开到"天府小吃店"去吃第一顿饭。没等开口，老板就给他端上来一盘辣子豆腐、一碗米饭。匆匆忙忙吃完，他和哥们儿打个招呼，把 3 块钱放在空碗边上，起身就走。正是中午生意旺的时候，他不想耽误活儿，每天总是在这里简单地对付一下。"谁和钱过不去啊"，每当妻子含着眼泪埋怨他时，这是他说的唯一的一句话。

自从开上出租车，他的一日三餐就从来没有正常过。中午吃早饭，晚上吃午饭，深夜回家吃晚饭。明知道对身体不好，可是为了早日把借来的钱还上，他只有玩命。妻子是个知冷知热的贴心人，但是在巨大的经济压力面前，除了每天等到深夜给他做顿可口的饭菜，为他端来洗脚水给他洗去一天的疲乏，实在没有什么办法。很多时候，妻子细腻的手还在为他搓洗时，他就已经睡着了。

一点整，他从电脑城拉了一位客人，刚开出不远，收音机交通频道的“真情对话”节目开始了，女主持一番开场白之后，是打进直播间的电话。他突然听到一个熟悉的声音：“主持人阿姨，我要对我爸爸说话。”

“小朋友，你爸爸是出租车司机吗？他叫什么名字？”

“我爸爸叫安永华，他开的是富康出租车。中午放学时，老师说今天是父亲节，叫我们回家后多陪陪爸爸。可是我爸爸每天早晨6点就开车拉活儿，夜里10点多才回家，我已经两天没有见到我爸爸了。”

“哦，是这样。你爸爸现在可能正在收听我们的节目，你有什么话要对你爸爸说吗？”

“我知道我爸爸很辛苦，他到中午才吃早饭，每顿只花3块钱。天这么热，他连瓶冰镇可乐也舍不得买，我们要还借来的买车钱。星期六我再困也不敢睡，我怕看不见爸爸回家。我和妈妈一起等爸爸，妈妈给他洗脚，我就给爸爸捶背。”

主持人哽咽了，半晌才说：“你真是个懂事的好孩子。你叫什么名字，小朋友？”

“我叫子毅，上三年级。”

“你，你还有什么话要嘱咐爸爸没有？”

子毅大声地说：“爸爸，今天是你的节日，你一定要吃好点。以后我不花零钱了，你每天买瓶可乐好吗？等我长大了，我帮你开车。爸爸，记得今天早点回家。”

他静默了很久，动作僵硬地握着方向盘。接下来收音机里说的是什么，他一点都没听进去。他突然感觉开出租车很幸福，踩油门的时候，还打了个口哨，却没有发现自己已泪流满面。

弱智女儿的幸福

法国前总统戴高乐，不仅是法兰西人民心目中的民族英雄，也是一位值得称赞的父亲。

戴高乐夫人将要分娩时，不幸遇到了车祸，当场昏死过去，经医生及时的抢救才转危为安。不久，女儿小安娜便诞生了，遗憾的是，由于夫人在治疗过程中服用大量的药物，致使小安娜生下来就是一个迟钝弱智的孩子。

当时舆论纷纷，各种媒体纷纷传言戴高乐夫妇将会丢弃那个孩子。面对这样的现实，戴高乐夫人没有一点厌烦的表示，她对丈夫说，宁可放弃自己所有的地位和金钱，也要让安娜享受一个正常孩子的欢乐。戴高乐十分同意妻子的决定，他激动地说："不是安娜自己要求到人间的。我们两个人的责任，就是让孩子获得真正的幸福。"

为了使安娜生活在一个更祥和、无人打扰的环境里，戴高乐夫妇节衣缩食购买了一处环境优美的住宅，使安娜既可以避开众人古怪的目光，又可以安静地与父母在一起，让她从心理上感觉自己是一个和别人一样的孩子。

戴高乐身材魁梧，智力超群，身居高职，外表看上去十分威严，似乎令人难以接近，但对这个女儿却十分慈祥。他对安娜的每一个要求都尽量满足，从不拒绝。随着小安娜的逐渐长大，每天饭后，戴高乐总牵着女儿的手围着花园散步，还不时地为她讲故事、唱一些快乐的歌儿。

有一次，小安娜不知为什么总是哭哭啼啼，不爱吃饭，也不愿睡觉，戴高乐想了很多办法哄女儿，却怎么也哄不好。于是戴高乐想，以往哄女儿的方法，恐怕安娜已经腻了。于是戴高乐绞尽脑汁地想，可是 3 天过去了，女儿的情绪还是没好转。戴高乐想既然哄不好她，那就分散她的注意力吧，于是他手舞足蹈地乱比划一气，果然安娜看着戴高乐不哭了。戴高乐以为女儿的情绪好了，高兴极了，谁想他一放下手，小安娜又"哇哇"大哭起来。戴高乐仿佛又找到了小安娜的嗜好，立刻又充满激情地舞动起来，这次他不是乱舞，而是有情节、有表情，像是哑剧，看得小安娜发出"咯咯"的笑声。戴高乐也笑了，要知道让这样一个孩子发出一声幸福的笑声是多么不容易啊！从此，只要戴高乐一有空就陪女儿听音乐，给女儿表演哑剧，甚至他自己工作累了，也以给女儿表演哑剧来放松心情，因为他在享受一种叫"天伦之乐"的幸福。

戴高乐是唯一能使小安娜发笑的人。为了和女儿进行沟通，戴高乐在女儿很小的时候，就去聋哑学校学一些标准的手势，回来教给女儿，他要让女儿学会和别人进行沟通。他还经常带安娜出去玩耍，安娜玩起来很疯。不管自己多累，每次戴高乐都坚持到最后，一直到小安娜玩得疲倦了，伏在爸爸的怀里甜甜地睡着。多少年如一日，戴高乐陪伴女儿的时候，从来没有急躁和厌烦过，即使在二战流亡期间，他也没忘记把女儿安娜带在自己身边。戴高乐一生节俭，却为安娜设立了专用的委托金，并以自己撰写回忆录的版权费作了抵押。

安娜在即将欢度20周岁生日的时候，不幸被肝炎夺去了生命。安葬仪式结束后，戴高乐夫妇含着热泪，站在女儿的墓前久久不愿离去，好像还有许多话要和孩子倾诉。天黑了，戴高乐才对妻子说："走吧，现在她已经和别人一样了。"安娜去世后，戴高乐总统在痛苦中决定：将安娜生前住过的房子改建为"安娜·戴高乐基金会"办公处，继续帮助和女儿一样弱智的孩子。

小安娜是不幸的，她一生下来就是一个弱智的孩子；小安娜又是幸运的，她有一个戴高乐这样的父亲。尽管戴高乐是一个国家的总统，尽管他日理万机，但正是这种责任与爱的双重作用，让他的一生焕发着人性的光辉，他说："要做好一个国家的总统，首先得做好一个孩子的父亲。"

打借条

"等你书读出来了，成了城里人，你可不要……让你弟弟给你打借条。"

那年8月的事，对于我来说，从来不需要想起，却永远也不会忘记。昏黄的灯光下，爸爸坐在床沿上闷着头抽烟。几天的奔走，他脸上的皱纹更深了。"爸爸，我不去念了。"我小声地说。爸爸粗暴地打断了我："放狗屁，考上了，哪有不去的？"

眼看就要开学了，学费还没凑够一半。村里已经挨家挨户地借遍了，弟弟昨天又寄回了500元钱，加上我暑假做家教挣的，还是不够。

为了供我读书，家人真是竭尽全力了。爸爸好不容易找到一份维修公路的活，每天凌晨4点就要上班，一直干到晚上八九点，临到公路大修更是几天几夜连轴转。过度的劳累，使他像个60多岁的老人，尽管他当时才40出头。妈妈身体不好，却总也不肯上医院看，爸爸给她买的营养品她总逼着我吃。最让我愧疚的是弟弟，小小年纪就辍学去深圳打工，赚到钱就往家里寄……

爸爸一夜没合眼，天快破晓时，他披上衣服，对我说："你跟我到你叔叔家去一趟。"我一骨碌爬起来："我不去，去了也是丢人。"爸爸急了，给了我一巴掌："丢人重要还是读书重要？"

爸爸很少打我，我知道他心里比我还要难受。临出门时，爸爸把家里最大的一只老母鸡装进蛇皮袋。我说："这鸡还下蛋呢！"爸爸说："哪有空手上人家去的，更何况我们现在还是去求人！"

我故意走得很慢，远远落在了爸爸后面，可终于还是走到了叔叔家门口。爸爸怯生生地敲敲门。过了一会儿，门终于开了。婶婶打着哈欠问："你们一大早来干什么？"爸爸僵住了，过了一会儿才嗫嚅道："来看看你和我兄弟。这只土鸡，给你们换换口味。"这时，叔叔也出来了。勉强寒暄了几句，爸爸终于开口了："他叔叔，我们这次来是有事想求你。"叔叔皱起了眉头："什么事？""是这样，你大侄子今年考上了大学，学费还差一点，想向你借点儿。""借钱？"叔叔像被烫了一下，"多少？""三千"。爸爸小心翼翼地说，言毕摸出早就准备好的香烟递给叔叔，叔叔接了，爸爸又立即点火，不知是打火机不灵，还是爸爸紧张，老半天才打着，捧去给叔叔点。叔叔比爸爸高一大截，却不弯腰，爸爸只好踮起脚跟。

叔叔吸着烟，不看我们父子，只望着窗外阴郁的天空。婶婶漫不经心地抹着桌子。屋内静得令人发慌。又过了一会儿，表妹出来了，爸爸忙跟她打招呼。她扫了我们一眼，对她爸妈说了一句"我学钢琴去了"，就出门了。叔叔一下受到了启发："你们看，小文学钢琴每节课就要交七八十元学费，你们说我容易吗？"婶婶接着说："别看我们像有钱的样子，其实赚得多用得也多，买房的钱不说，就是水费、电费、煤气费、电话费、物业费、卫生费加起来也叫人够呛。不像你们乡下，一年也花不了几个钱。"爸爸低着头说："我也知道你们不容易，不是实在没办法我也不想来麻烦你们，看在为了孩子读书的份上，你们再帮哥一次……"

我惊呆了，我没想到一向铁骨铮铮的爸爸说话竟哽咽起来，眼圈也红了。

叔叔大约也受到了震动，开了口："借吧。"婶婶极不情愿地从房间里拿出钱，爸爸伸过颤抖的双手去接，婶婶手却一缩："得打张借条！"乡里人借钱，是从不打借条的，让你打借条，就是不相信你。爸爸的喉头滚动了一下，歪歪扭扭地写了借条，婶婶这才迟疑地把钱递给爸爸。

我忘了那天是怎么走出叔叔家门的，只记得回家路上，爸爸对我说："孩子，爸爸求你一件事。"

我惊愕无比，说："爸，您有什么尽管吩咐吧。"爸爸说："等你书读出来了，成了城里人，你可不要……让你弟弟给你打借条。"

一行浑浊的泪水，从爸爸的眼眶里流出来。

载不动如山父爱

冬夜，山高月小。我摸进采石场，跟父亲直白："爸，我不想读书了，这事，我想了好久了。"

父亲听后只问了一声："肯定了吗？是担心没钱供你上大学吧？爸这条命还健！"

我捡起地上的行李，执意转身。

"呼！"父亲狠狠地将羊角镐砸在一堆石头上，火星四溅，他瘦小的身子渐渐地矮了下去。

走了好久，山谷里仍可听到父亲如狼一般的号叫。

我的家乡，贫瘠而苍凉，山连山，石挨石。我亲眼看见父亲的采石作业：随着火药吼过，石雨落尽，父亲戴着安全帽从一页岩石下钻出来，硝烟远未散尽，父亲就冲进了"战场"，抢着搬运石块。一天下来，父亲仿佛从石灰坑里跳出来似的，浑身白霜。多年积劳成疾，父亲患上了严重的哮喘、风湿、静脉曲张等疾病。这都是为了给我们挣学费和生活费。每次回到家中，我最不愿面对的是那双手。那双手，在与石头的对撞中，早已趼痂累累。一到冬天，就绽开一道道血网。

父亲每一次将血汗钱放在我手中时，我的心就会隐隐作痛好几天。

高三上学期，我决定放弃上大学的机会。我的学习成绩一直在全校名列前茅，学校对我寄予了很高的期望。可考出去，父亲怎么办？弟妹们怎么办？最后，这如山的沉重，使我选择了放弃。

一个人到外地打工。离家乡几千公里，梦里，尽是父亲佝偻的背影。想到此，我拼命地挣钱，只要能挣钱的活我都干，往往一天只睡三四个小时。但每一次睡下，我都有一种虚脱的踏实。我想，父亲迟早有一天会理解我的。

哪知，就在我赚钱正欢的时候，一场突如其来的疾病彻底粉碎了我的梦想。由于劳累过度，再加上严重营养不良，一个雨夜，我天昏地暗地加班到凌晨，最后起身时，眼前一黑，"咚"地栽倒在水泥地上。同事送我去医院，一检查，我得了急性肝炎，并伴有腹水。那些恐怖的夜晚，我睁着失神的眼睛，望着病房惨白的墙。辛苦赚来的钱，像流水一样漂去。我才知道“贫穷”这两个字眼，在穷人的眼里是多么的可怕！

多想在死之前与父亲见上最后一面，看一看他苍老的脸庞，然后，怀着一种麻木的刺痛，在父亲怀里安静地死去。可是，我不能。我不想告诉父亲，我不能让他承受这一打击。医院渐渐减少了用药，我只想挨一天是一天。

一天清晨醒来，我看到了父亲。几月不见，他显得更加瘦小。胡渣，像山上的松针恣意地伸进我的眼睛。原来，父亲接到了公司打给他的病危电话，带了几个叔父，扒了一辆货车，几天几夜没合眼马不停蹄地赶来。

几天过去，父亲带来的钱快花光了，我的病情仍没有好转，父亲的哮喘病却复发了，因为怕吵醒我，实在忍不住咳嗽时，他就捂着嘴，跑到医院的黑暗角落咳嗽。虽然声音被掩饰得很小，但更能揪起我一种撕心裂肺的疼。

父亲与叔父们商议租一辆出租车，将我接回去继续治疗。当父亲背着我出院时，我能清晰地感觉到父亲明显突出的肩胛骨，如两只铁蝶，坚硬如刀。可是，这么多人共乘一辆车，显然坐不了，而父亲不想再花钱租车。

他围着车转了好几圈，最后指着车尾厢对司机说：“师傅，我就躺这儿吧。”

司机呆了，在他眼里，尾厢只能装一些物品，可从来没有载过人。见司机犹豫，父亲猫着腰就进去了。他将自己蜷缩在里面，如一只干虾。

司机见此情况，也就不再说什么，只让父亲注意安全，实在憋不住就喊一声。

几个叔父都争着要去，父亲对他们说：“我矮小，就我吧，你们照顾好孩子就行了。”叔父们实在不忍再看，难过地转过脸去。

临行前，父亲爬出来，走到我跟前，伸出他粗糙的手，握住我，说：“活着回去，孩子！以后的路，你要走好啊！”

我知道这句话的分量，我坚定地回答他：“爸，咱们要一起回家，好好的！爸，我这就回去复读，你要看着我考大学，你要答应我！保重，爸！”

父亲棱角分明的脸上，掠过一丝苍凉的微笑。

德州的冬天很干冷。即便坐在车厢里，也感觉到外面的冰寒。为了保证父亲的呼吸，司机将车尾向上掀开一条缝。叔父一路告诉我：“孩子，回去好好读书吧，你不在的这些日子，你父亲总是一个人在山上抹泪，他不稀罕你的钱，在乎你为他争光。”

车行驶在如水的月色中，北风蹭着车窗呼啸而过。司机显然拼尽了全力，他也是在为父亲争取时间。

整整两天三夜，冷风像一只只无形的怪兽，无孔不钻。坐在车里面，几个人相偎取暖都觉得寒冷。我不知道病痛的父亲会不会挺得住。我与他只隔一层钢板，却只能眼睁睁地看着他，不能翻身、不能动弹、不能叫痛，强忍着孤寂、病痛与颠簸。他是在用他的生命抢救我的生命，用他的时间换取我的时间啊！

我才知道，这世上有一类父亲，子女永远是他们的希望、信仰、寄托、主宰、力量之源、奋斗之根，是生命的全部意义。

黎明时分，天色如墨。在一个出站口，警灯闪烁一片。一辆辆车被依次拦下，检查、问证、放行。轮到我们时，警察看了车上每一个人的证件，最后让司机打开尾厢。在警察的注视下，司机颤抖地打开车盖，父亲一动不动地躺在那里，仿佛睡着了一般。一个警察用戴着白色手套的手，摸了摸父亲。父亲呻吟了一声，警察吓得跳了起来，旋即大怒："怎么能这样载人呢？这不是草菅人命吗？"

我这才得知，路上不断有司机与乘客透过那条"生死缝"，看见了一动不动的父亲，记下了车牌号，并报了警：有人偷运尸体！

警察要罚款。这时父亲清醒了过来，想出来却又不能，在叔父们的帮助下，他一点一点被拖出，患了风湿与静脉曲张的他，双脚不能沾地，只有靠两个叔父的手勉强搀起。陡然，父亲脸色青紫，唇色焦白，自胸间传来一声猛咳，穿透喉间，如雷袭来，刺入耳膜，听之让人心颤。

显然，父亲不能动弹的原因，是昏过去了，失去了知觉！

父亲凝望着我，嘴唇哆嗦，第一句话就是："求求你们放行吧！只要救活我儿子，我死不死无关紧要，这事与司机没有干系，我给你们跪下啦！求求你们这些好人了！"一阵刺痛袭击了我，我大叫一声："爸！"人僵在原地，灵魂早已走远。

天色渐明，许多人背过脸抹泪，女人们感动得哭泣起来。一个人都没有动。

"闪道！出发！"

一名警官高声地命令。

他亲自出动了一辆警车，载上我的父亲，"嗖"的一声，风驰电掣地将一切抛远。透过反光镜，我看见那些晨风里的警察们，伫立在那里举起了手臂，向父亲行注目礼。司机红了眼，狠踏油门，车子发出阵阵嘶吼。泪水，早已在他脸上垦出两道河。

我与父亲没有违背从德州出发前的约定，都活了下来。几个月后，父亲扛着他的那一套家伙走进了大山深处，如一枚坚果落进了深秋。第二年，我考上了一所一类大学。走时，山中开山炮一声一声直插云霄。群山，淹没在我的泪水里。从这一天起，我开始了一种真正的生活。

多年的梦里，这炮声犹在耳际，诉说着我与父亲一起走过的岁月。父亲是在用一种仪式为我壮行，那一声声冲天的梦想，时时提醒我：人活着，不能仅仅只为了自己！

“亲”爹

那年，她才10岁。

10岁生日那天，她的爹再也没有从井下上来。瓦斯爆炸后，她的爹永远离开了她和娘。

娘几乎哭瞎了双眼，一年之中，头发全白了。娘说：“孩儿，娘带你走人家吧，这样你就能上学了。”

她哽咽着说“好”，因为再坚持下去，娘也要累死了。

娘带着她嫁人了，是远方表姑说的男人。她不愿意离开家乡，那男人就说：“那我去她家吧。”

她第一次看到他，惊住——他怎么这么老这么丑？和她亲爹比，他好像老了不止10岁，眼睛小得只有一条缝，已经满脸的褶子，有50岁了吧。她看到他就烦。

这个男人娶了她娘后，也去矿上干活了，发了工资，一分不少地全交给她娘。下了班，买花买糖葫芦给她，期望她叫他一声爹。她偏不。娘让她叫爹，她执拗地说：“凭什么？我爹爹已经死了。”他站在一边，尴尬地笑着说：“那就叫叔吧。”叔她也不肯叫，嫌他啰唆，而且吃饭没吃相，呼哧呼哧的。

14岁，她到镇上读初中了。每个周末，他跑来接她，家里只有一辆自行车，娘不会骑，只能他来接。一路上他问长问短，她答得少，因为觉得没必要和他说。同学问她：“那个接你的男人是谁？”她冷漠地回答：“一个远房亲戚。”但他每次来看她，都会带好多好吃的给她，他说：“你娘让我带给你的。”后来有一次她发现，娘并没有带东西给她，是娘说漏了嘴，娘说：“家里用钱紧，这个月就不带什么给你了。”但是她还是收到了他送来的饼干和奶粉，他说：“你娘说了，你正长身体呢，要多吃点有营养的东西。”

虽然来自农村，可她觉得自己并不比那些城里的孩子吃得差。她知道，是这个男人关心着她。那时，她小小的心里，有了些许的温暖，但那一声“爹爹”，她是叫不出的。

她考上了高中，他说：“不如，我们搬到城里去吧。”娘反对，说搬到城里做什么，怎么生活啊？

他说：“为了孩子啊！孩子要到外面租房子住，我们怎能放心得下！再说，城里的钱要比这里好挣些，矿上马上不行了，我得多给你们娘俩挣点钱，孩子还要上大学呢。”

那时她 17 岁，拧着衣角想哭。上高中的费用很高，他凑不够学费，去卖了血。抽屉里，有他卖血的单子，她是偶尔看到的，那上面写着他的名字——刘大苍。很俗的名字，看得她想掉眼泪，她说：“叔，谢谢你。”

他不好意思地笑笑，搓着手：“一家人，说什么谢不谢的。”他不善言谈，却总是和她找话说。有一天她听到他和娘说：“这孩子多可怜，10 岁没了爹，如果我再不对她好点，心里说不过去啊。明天是孩子生日，你问问她喜欢什么，咱俩送她。”

那是第一次有人给她过生日，是他亲手擀的面条，还有他送给她的一匹小马，布的，花 10 块钱从集镇上买来的，因为她属马。她吃着面条，觉得心头哽咽。

为了她，他们全家搬到了城里。他在街上做了修鞋匠，娘摆了水果摊。她天天要路过娘的水果摊和他的修鞋摊，他永远在那里忙碌着，有时看到她，他总是说：“你等等。”他的鞋摊旁边，挨着一个面包店，还有一个烤红薯的。有时，他会给她买一块面包；有时，会买一块烤红薯，然后笑呵呵地继续修鞋。

他一笑，眼睛就更小了，她呆呆地站在风中，举着那块烤面包。

她知道，他挨面包房很近，可她肯定他一次也没有舍得吃烤面包。那时，她有了和他相依为命的感觉。

不幸是在她高二的时候再次发生的。她的娘，突然倒在水果摊上，再也没有醒来。她想，她是个苦命的孩子，没了爹，又没了娘，从此，她靠谁？

他说："孩子，不要哭，有叔呢。"

是啊，她还有个叔！她的丑叔！她和这个没有任何血缘关系的男人将会如何？没了娘，他还会管她吗，还会在这个家里待下去吗，是不是还要娶一个女人做她的后娘？

他什么也没有说，还是早出晚归，给她做饭，嘱咐她多吃饭。她学习忙，她的衣服全是他洗干净后叠好的。

一年后，她考上了重点大学，他拿着那张录取通知书哭了，他说："叔准备喝点酒庆祝庆祝。"那时，她想叫他一声爹，但她还是说了一句："叔，我去给你炒两个菜。"

她上大学要很多的学费。他回了趟老家，把家里的老房子卖掉了，他说："以前总想老了还乡，现在不想了，卖了以后供你上学，只要你上出学来，叔就放心了。"

她是带着他卖房子的钱上大学的。他每月寄来生活费，她知道，那是他一块钱一块钱攒起来的。那些钱，经历了多少风吹日晒啊。他的头发已经白了，脸更黑了。

后来，她以优异的成绩考了托福。去美国之前，她回家与他告别。

那是她见到他第一次流眼泪，他说："孩子，外国要是不好就回来，不要担心叔，我会过得很好。"

她也哭了，说："叔，我担心你一个人……"他就哽咽着说："没事，叔是铁打的人，你放心。"

她走时，他去送她，她说："叔，回吧，您多珍重。"他挥着手，风吹起了白发，临走，递给她一个包，红色的纸里包着什么东西呢？

在火车上打开，她呆住了，是一万块钱。有一百的，有十块的，有一块两块五块的，很烂的一堆破钱，她抱着那堆钱，哭了。

几年后，她飞了回来，是为他处理后事的。他突发脑溢血，死在修鞋摊上。

收拾他的遗物时，只有几件衣服，有的还补着补丁。

还有一件，是他买给她的那匹小马，他一直留着。白色的马，还是那样漂亮，那是她收到的唯一的生日礼物。

钱不多，照样是那样脏，在柜子底下藏着。

她为他订了最好的棺木，比娘的还要好。她按照当地的风俗披麻戴孝，并且在坟前摔了一个碗，那都是女儿应该做的事。

好多人说："看人家，从美国留学回来还能对一个继父这样。"可她知道，她欠他的，远远无法补偿。她总想让他过上好日子，以偿还这半生恩情。她现在明白了，他早就是自己的亲人了，而且在他心中，自己就是他最亲最亲的女儿。

摔碗的时候要喊亲人，所有人都以为她会喊叔，她喊了那么多年叔，可她用尽力气哭着喊："爹，闺女为你送碗来了！"

那一声爹，让她泣不成声！

"爹，你听到了吗？女儿在呼喊你，爹啊，那丑丑的亲亲的爹！"

再叫我一声"兔崽子"

爸爸是个挖煤的，绝大多数傍晚，他都是全身黑不溜秋地回来，然后把手上的衣服、皮带重重地摔在椅子上，这表示他不高兴。

我一直不知道他为什么愤怒，后来终于找到了答案：我长得太白。因为有一次，妈妈给他盛饭的时候，他斜眼瞅了我一会儿，嘟囔道："这么白？"我也觉得自己太白，不像挖煤工的儿子，我以为自己是捡来的。

我 12 岁那年，妹妹降临人间。妹妹属兔，爸爸就叫她"兔崽子"。临出门的时候，他总是把妹妹抱过去啃半天，"兔崽子，兔崽子"地叫上几十遍才肯走；傍晚从矿上回来，把东西一撂，就叫道"兔崽子呢"。

其实我比妹妹大整整一圈，也属兔，可他从来没叫过我"兔崽子"。只是在合称我们兄妹的时候，才说一句"这两个兔崽子"。这明显是搭配。

我没什么怨气，因为小妹实在太可爱了。她哭声响亮，笑容甜美，总是在大家感到乏味的时候，适时地发出咿咿哎呀的声音，让气氛顿时活跃起来。稍大一点的时候，妹妹又显出懂事的天分。爸爸每天回来，妈妈都会打一盆水给他洗脸。有一次，妈妈忙着炒菜，没来得及打水，妹妹用她的小塑料盆打了满满一盆水，挺着肚子端了过来，小脸憋得通红。那时候妹妹才两岁半，爸爸的感动可想而知。他一手接过盆子，一手将妹妹抱起来，亲得她黑不溜秋的。

从那以后，每天打水的就是妹妹了。估计爸爸要到家了，妹妹就打好水蹲在厨房里，只等爸爸那一声“兔崽子呢”，她就挺着肚子冲出来。等妹妹到了面前，爸爸接过水问她：“想爸爸吗？想！爱爸爸吗？爱！有多爱？”这时，妹妹就会挺起胸脯，把两只小胳膊伸开老远，做出拥抱全世界的样子，说：“这么爱！”爸爸最喜欢妹妹这个姿势，每天回来都要进行这段对话，为的就是在最后能欣赏到她这个姿势。

妹妹3岁那年，被爸爸妈妈“赶”了出来。爸爸在我的小床上加了块板子，这样妹妹就有地方睡了。我们家房子很小，除了用土砖搭的厨房、杂屋，就只有一间不到20平方米的小瓦房了。妈妈常跟爸爸说想加一两间房子，不过每次爸爸都没答应。

有天晚上，我听到妈妈说：“趁现在天气好，还是把房子盖了吧。你总不能老让他们挤在一起吧？”

爸爸叹了口气，说：“还是等下半年吧。兔崽子马上要初中毕业了。别看他不说话，一心想考市里的一中哩！这个钱不能少……”

我听爸爸说这些，眼泪忍不住流出来了。考一中这件事，我从来没跟任何人说过，爸爸竟然这么清楚。原来，我也是兔崽子！爸爸仍然只是逗妹妹玩，很少跟我说话，但我的心情从此明亮多了。

我没有让爸爸失望，夏天的时候，我收到了一中的录取通知书。当天晚上，爸爸准时回来了，进门还是叫“兔崽子呢”，于是妹妹端着水冲出来，不过这次没等爸爸开口妹妹就先报喜了：“爸爸，哥哥考上市里的一中了！”

爸爸听了好像没什么反应，对站在一旁的我视而不见，还是继续跟妹妹说话。妹妹又摆出了她拥抱全世界的造型。在欢声笑语中，爸爸看了我一眼，这唯一温柔的一瞥令我毕生难忘。

第二天，爸爸回来得晚些，手里多了个大塑料袋。妹妹在厨房里腿都蹲麻了，才听到一声“兔崽子呢”，冲出去的时候差点摔一跤。爸爸接过水，并不急于洗脸，他故意在袋子里掏来掏去，逗妹妹踮着脚在那里翘首以盼。

晃了半天，爸爸掏出一件连衣裙，是给妹妹的。裙子颜色鲜亮，有漂亮的小碎花，好看极了，我真难以想象大老粗的爸爸还有这么好的审美眼光。

妈妈接过裙子，很利索地给妹妹套上。因为裙子太长了，拖在地上，看上去很滑稽，大家都笑得合不拢嘴。这时，爸爸把那个大塑料袋递给我，打开一看，是个新书包！这是爸爸第一次给我买礼物，我想说句感谢的话，却始终没有说出口。

第二天快收工的时候，爸爸头顶的煤层突然塌方，他被埋起来了。

傍晚，几个人到我家报信。他们还没说完，妈妈就晕过去了。大家慌忙展开急救。看着眼前乱糟糟的景象，我却显得异常冷静，因为我知道自己是家里唯一的男人了。我突然想起了妹妹，她一定还在厨房。

我走进厨房，妹妹还死死端着一盆水，蹲在那里一动不动。我的眼泪如决堤之水，顿时涌了出来。

"起来吧，爸爸不会回来了。"我蹲下身子。

"会回来的！他还没叫我兔崽子呢！"妹妹倔犟地不肯动，但眼泪已流了出来，一滴一滴，都掉在她的小盆子里……

这是两年前的事了。后来老板赔了三万八。靠这些钱，一家人的日子还算过得去，我也在市一中读到了高三。

在高三开学后的第一个周末，我回了趟家。妹妹在村口等我，我很远就认出她，因为她穿着那件鲜艳的小碎花裙。现在，那裙子正合身。

在一个小土包上，妹妹突然停了下来，望着对面山腰上的洞口出神。那是爸爸曾经工作过的矿井，现在已经废弃了。我们默默地站了很久，回想着以前的事。

"哥，你想爸爸吗？"妹妹轻声问我。

"想。"

"有多想？"

"很想，很想……"

我单膝跪地，看着妹妹伤感的样子，忍不住鼻子一酸，紧紧抱住了她。

天生我才必有用

父亲在我尚没有真正踏上人生旅途的时候就离我而去，现在已经20年了。

父亲走后的多年里，我在生活的海里沉浮飘荡，他不怎么入我的梦，昨日夜里，我忽然见到了他。父亲身穿青袄，坐在地头的榆树下，口中叼着烟袋，我似乎知道他已是隔世之人，问他："你还好吗？"

“我在那边还种地。”说罢，转头向田里走去，留给我的是若有若无、缥缥缈缈的影子。

我撵他，可腿迈不开步子；叫他，却喊不出声。在惊悸中醒来，秋夜正浓，半轮月儿在天，四周一片寂静，我不能再入睡了。

我踮着脚离开寝室，走进书房，默然地坐在书桌前，父亲生前的影像便浮现在眼前。

那年，父亲近60岁了，又患了肝病，他骨瘦如柴，虚弱无力。那时，我的几个哥哥姐姐都已成家了，只有刚结婚的小哥同我和父母一起过。小哥的媳妇看到父母年老又有病，不能做活，我又读书，觉得同我们一起过是吃亏的，因此，对供我上学是颇不情愿的。父亲为了证明我们三人不全是吃闲饭的，就硬撑着下地。

那年秋天收土豆，嫂子说忙不过来，执意要我回家秋收，我不敢违拗，只好请假回去。我怕落的功课太多，做活的间隙，看了几眼书。哥嫂不乐意了，怨我的心思不在做活上，有气的哥哥抡起鞭子使劲地打那头拉犁的年迈老牛，眼看鞭子就要落到我的身上。父亲脸色青黄，大口喘着气，他从哥哥的手中拿过鞭子，扶着犁杖向着地的那头走去。犁杖太重了，病得一阵风就能刮倒的父亲，被犁杖带着踉踉跄跄地往前跑。瘦削的父亲架不起衣服，宽大的黑褂子在风中一飘一飘的。父亲像一个影子人，飘荡在苍茫空旷的天地间，跑了两条垄，就一头栽倒在地上了，此后许久起不了床。

深秋的时候，学校放了几天假，让我们回去拿换季的衣服和准备冬天烧炉子的柴火。

镇上中学离我们深山里的小村子有50里山路，我走了大半天，午后的时候才赶到家。父亲不在，患眼病的母亲在摸索着剁猪食，母亲说父亲到北蔓甸摘草穗去了。我匆匆吃了口饭就去找父亲。我登上山顶时，已到夕阳落山的时刻。塞外的秋天，风霜来得早，8月的草洼，已呈现凋零之势，青的草已变成一片苍茫的白色。这草是碱草，细高的秸秆上都挑着个穗子。当年，镇上的货站收购这种草穗，说是到沙漠去播种，也有人说是喂种马。乡里人都满山遍野地采这种草穗，这山顶也早已被人采过了，多数的草茎上都已没了穗头，只有晚长起来的或人们采摘时从指间遗落的，稀疏地藏在草棵中。

我站在草洼边，四处张望着寻找父亲，许久，我发现远处苍茫的草丛中有个小小的黑点在蠕动。我奔着那儿跑去，走近了，看到了父亲。他背对着我，身穿一件青夹袄，腰扎一根用黄色的羊胡草挽成的草绳，怀前是一个系在草绳上的小木筐。他弓着腰，头低在草丛中，白草在他的头顶上飘摇，他的两只手扒拉着草棵，寻找着草穗，直到我走到身边，他才发现了我。

“回去吧，天快黑下来了。”我说。

父亲停下手，他怀前的木筐里有大半筐草穗。父亲的脸色青中透着层暗黄，发白的嘴唇裂着血口子。父亲把筐里的草穗装入袋子里，用手掂了掂，嘴角露出一丝笑意，“这些卖了，够你交学费了。”

父亲无力地瘫坐在地上，说得吃一口东西才能下山，要不就走不动了。他打开手巾包，里面是母亲烙的两张饼，他咬了一口饼，饼干硬得咽不下去。父亲站起来，用石片划破一块桦树皮，很快那小小的洞口就渗出细密的水珠，父亲舔了几口，才又接着吃干粮。我的眼里涌动着泪水，我说：“我不想读书了，你也别再受这累了。”

“不算啥，只要我能动，就能供你。”他又说，“人说天生我才必有用，你那么喜爱书，学得又好，咋也得把书念下去！”

这次上学走的时候，我难以启齿地告诉父亲，学校要交冬天烧炉子的柴火，交钱也行。父亲说，不犯愁，过几天送柴去。

初冬一天的下午，父亲来了，他赶着牛车，拉了一车柴火，都是一小捆一小捆的。后来，母亲告诉我，那是父亲一捆捆从山上扛回来的，他没力气，每次只能背两小捆。老师看父亲吃力的样子，招呼一些男同学，帮助我把车卸了。父亲蹲在墙角，灰黄的脸上挂着感激的笑。

卸完车，父亲让我跟他到镇上去一趟。他送柴火，也把那些草穗拉来了。

我们到镇上的货站，卖了草穗。我看父亲脸色已冻得发白了，就说去吃碗馄饨，暖暖身子吧。父亲说不用，一会儿就到家了。他把卖草穗的18元钱全给了我，又从青棉袄里襟的小兜子里，掏出一个小布包，里面是21元钱，他叮嘱我一定要拿好，并告诉我这钱是悄悄地给我攒下的，不要跟别人说。

我的心苍凉而沉重，有说不出的酸楚，我把父亲送出小镇，过了白水桥，就是通往家乡的山路了。

父亲站住了，说：“你照管好自己，以后遇事要往前想，就总有奔头！”父亲说这话的时候并没有看我。说罢，他转过身，手牵着牛的缰绳往前走。

父亲与黑牛并肩走在空旷的山路上。寒冬的风呼呼地刮动着，父亲只穿一件黑棉袄，外边没有皮袄大衣之类的遮寒，他弓着身子，一只手牵着牛，一只手遮在额前挡风，吃力地往前走。我望着他一步步走远，后来我站在一块大石头上眺望，视线里那凄寒的背影，渐渐变成一个黑点儿，一会儿就融进苍茫的暮色里了。

不想，这背影竟是父亲留给我的最后的记忆。父亲回去不到十天就去世了。

父亲死后不久，我的书就没有办法念下去了，从此我被命运沉入生活的海中，上下漂浮，左右奔突挣扎，受尽了风霜浪打，可在漫长的求索旅途上，眼前总有个影子，耳边总有个声音对我说"天生我才必有用"，是这影子、这声音使我在任何艰难的境遇下，永不言弃、百折不挠，坚定地向着心中的目标远行。

生活不辜负我，我终于实现了用文字铸造事业的梦想。

今天，父亲入梦，勾起了我点点滴滴的忆念。可父亲留给我的记忆仍旧是模糊的：他的笑容是模糊的，他的喜怒是模糊的，就连他的面庞似乎都是模糊的；而留在记忆中最深切的仍是那身着黑衣的、踉跄而凄寒的背影！

爸爸给我扎小辫

元旦前夕，红苹果幼儿园学前班在小礼堂举办联谊会，小朋友们的爸爸妈妈都来了。看着小宝宝的精彩表演，家长们个个高兴得合不拢嘴。

表演快要结束时，主持人李老师微笑着说："各位家长，下面是一个互动娱乐节目，节目的名字叫——爸爸给我扎小辫！请女同学的爸爸做好准备……"

李老师的话引起台下一片哗然，再看那十几个女孩的爸爸们，表情各异，但大多数是满脸的不自在，有的干脆低下头，悄悄请教身旁的"高手"去了。

"请爸爸们不要紧张！"李老师仍带着微笑，"我们的规则是：看谁能在5分钟之内把宝宝的小辫子拆开，然后原样扎起来。哪一位爸爸扎得最快最好，将会获得我们特制的'爱心爸爸证书'。"接着，李老师转过身对孩子们说，“小朋友们，我们一起为爸爸加油，好吗？”

“好！”孩子们高兴地回答，用稚嫩的声音齐声高喊，“爸爸加油！爸爸加油！”尤其是那些小女孩，更是兴奋得又蹦又跳。她们排起队，等待自己的爸爸上台。

第一个女孩扎着两个羊角辫，她爸爸似乎很在行。只见他让女儿坐在板凳上，然后有板有眼地半蹲着，三下五除二去掉皮筋，不一会儿就把辫子解开了。看来这位临时抱佛脚，请教了妻子两招。不过，紧接着可就露马脚了！嘿嘿，解开容易编起来难哟！等好不容易批出一条歪歪扭扭的缝儿，下一步却无从下手了。只见他左也不对，右也不对，窘得满头是汗。时间到了，本来乖巧的羊角辫让他弄得乱糟糟。小女孩撅着嘴，气鼓鼓地说了声“笨爸爸！”，便不理他了。

第二位爸爸更离谱，拆开辫子后连皮筋都扎不上，还一不小心揪了头发，女孩当场就哭起了鼻子。第三位、第四位……等爸爸们挨个上了台，再回头看看这些可爱的小女孩：个个头发一团糟，小嘴儿撅得都能挂上酒瓶喽，真把宝宝们折腾得够呛呀！现在还有最后一个女孩的爸爸还没上场，也只有她的头发还算规整，但保不准一会儿也就“披头散发”了。

“刘婷婷！”

“到！”女孩欢快地跑了上来。

李老师知道，整个学前班就数刘婷婷的头发最难梳，不仅又长又软，而且还是天生的自来鬈儿。别说她爸爸了，就连李老师自己都扎不好。所以，等婷婷的爸爸上了台，李老师委婉地劝他“弃权”。可是婷婷的爸爸笑了笑，没有作答，而是轻轻地拉着女儿坐下。“婷婷，爸爸今天不讲故事，只梳头，好吗？”婷婷听话地点了点头。

接下来的情景让所有人都瞪大了眼睛。只见婷婷的爸爸娴熟地解皮筋，松辫子，梳理头发，然后一丝不苟地扎起了辫子。他粗糙的双手显得那么灵巧，真不可思议！细心的李老师还发现，爸爸给婷婷扎的还是四股辫呢。一会儿工夫，辫子扎好了，比原来的还要漂亮。随着李老师一声“时间到”，台下不知谁带头鼓起了掌，顿时，掌声响遍了整个礼堂。

李老师走上前，递过一本证书，说：“婷婷爸爸，给您，这个‘爱心爸爸证书’您拿之无愧！”婷婷的爸爸接过，正准备下去，却被李老师叫住了，“请等一下！”李老师调皮地眨了眨眼睛，“我有一个问题想问您，从小到大，婷婷的辫子都是您扎的吗？您怎么能剥夺爱人的‘权利’呢？”一句话，引来一片笑声，大家疑惑地盯着坐在后排的婷婷妈妈。“不不不——我爱人——我——”一着急，婷婷的爸爸连话都说不利索了。

“老师，老师！平时都是我妈妈给我扎，我爸爸只是在冬天给我扎辫子！”婷婷拉着老师的衣角，瞪着大眼睛说。

“噢，是吗？为什么呀？”李老师蹲下来问。

“因为——因为我奶奶的脚有病，一到冬天就不能走路啦！爸爸白天很忙，很晚才能回家，所以妈妈每天晚上熬中药给奶奶洗脚，药水很热，经常把妈妈的手烫出大口子，给婷婷扎辫子会很疼呀。于是，爸爸就在早上给婷婷扎辫子。”

片刻的宁静之后，掌声再次响起，经久不息……

“窝囊”的父亲

父亲大半生没得过什么荣誉，没有做过一件值得大家夸耀的事，也没有一段让儿女们骄傲的精彩片段。从小到大，我和弟弟妹妹都有意无意地冷落着父亲，有时候，我们甚至对父亲充满了轻视。

父亲的“窝囊”在村里是出了名的。他不善言辞，老实巴交，胆小怕事，遇到困难就爱流泪。小时候，我是个非常顽劣的孩子，天天逃学，从没有一天静下心来学习。每到年终，父亲总是抄着手站在家门口，眼巴巴地望着邻家的孩子捧回一张张三好学生的奖状，而我总是低着头，两手空空地回家。为此，父亲很是失望。上四年级的时候，有一次年终考试，我的数学考了个“大鸭蛋”，语文也不及格。班主任害怕我拖了班里的后腿，劝我留级；而学校则勒令我不用去上学了，让家人前来办理转学手续。当我将这个消息告诉父亲时，没有一点思想准备的他顿时惊呆了。继而，便蹲在地上“吧嗒、吧嗒”地抽起了旱烟。

第二天，父亲提着一篮子鸡蛋领着我来到了校长家里，任凭父亲磨破嘴唇，校长还是坚持让我转学：“这孩子学习太差，跟不上。”校长有点不耐烦了，劝我们回去。这时，令我终生为父亲感到屈辱的一幕出现了：父亲突然“扑通”一声跪下，流着泪说：“校长，您就看在我这张老脸的分上，将我这娃留下吧！如果下学期他拿不到三好学生奖状您再开除他行吗？”

父亲这一“壮举”虽然使我免遭转学的厄运，但那时的我却认为父亲给家人丢尽了脸。父亲下跪的事就像长了翅膀，很快传遍整个校园，我成了人们嘲笑的“跪读生”，那一段时间我发了疯似的学习。但年少的我不感激父亲，还认为父亲是个“窝囊”透顶的人。

第二年，当我把平生获得的第一个三好学生的奖状交给父亲时，他竟像喝醉了酒似的，在那两间简陋的、巴掌大的小草房里转来转去，对母亲不停地唠叨着：“贴在哪里好呢？”最后，父亲决定贴在他炕头的墙上。父亲用图钉摁好后，反复摸着我的头问：“山子，什么日子你的奖状能把这面墙贴满呢？”

以后的岁月里，我每年都能带回几张“三好学生”、“优秀团员”之类的奖状，父亲总会庄重地把它们一一贴好，并且按时间顺序排列得井井有条。土墙上的奖状，成了那两间穷得连一张年画都没有的小草房里唯一的一道风景。每逢家里来了客人，父亲总是把人领到那面土墙前“参观”，并摇头晃脑地拖着长腔给人家念上几张。有时还拿到村上去，向人家炫耀。看到父亲的这些“表演”，我心里感到滑稽可笑。

高一那年，我在全县语文竞赛中获得了一等奖，当我将奖状交给父亲时，一向不善言辞的父亲竟像着了魔一样疯疯癫癫地跑到街上，到处吹牛：“我儿子考了全县第一名，将来绝对能考上大学。”

“别吹牛了，难道你忘了为儿子下跪的事？”有人趁机揭父亲的疮疤。“我儿子有这个奖状为证，你儿子有吗？”父亲不服气，举起奖状和人家吵起来。想不到一生谨慎、胆小怕事的父亲，这次竟和人家动起武来。这是他有生以来第一次和外人打架。最后结果可想而知，老实的父亲被人家打得肋骨折了几根，最后住进了医院。

事后，我不但不同情父亲，反而认为父亲是自作自受。

待父亲出院回到家后，我压在心头多年的火终于爆发出来，冲着父亲大声吼道：“爹，你往后不要再这样丢人现眼了行不行？这些破奖状有什么好炫耀的？你被人家打成这样，还不都是你吹牛惹的祸！”父亲低着头一声不吭，那表情像是一个做错了事的孩子。我越说越气，随手从墙上撕下几张奖状，边数落父亲边撕得粉碎。这时，我发现父亲的眼里蓄满了泪水……

第二天，令我惊异的事情发生了。我发现昨天被我撕碎的奖状又被人一点点地粘了起来，重新贴在原来的位置上。母亲告诉我说：“你别跟你爹过不去了，他窝囊了一辈子，你又不是不知道。为了这几张撕碎的奖状，你爹流着泪整整拼了一个晚上。”听了母亲的话后，我心想，父亲“窝囊”了大半生，没得过什么荣誉，大概是借儿女的奖状来满足自己的虚荣心吧！

数年后，我实现了父亲的愿望，考上了大学，父亲收集奖状的劲头也就更足了。待我参加工作后，那面黑乎乎的土墙已被父亲用花花绿绿的奖状和证书贴满了。每当看到这面土墙，我就想，这些年来，父亲辛辛苦苦地摆弄这些奖状到底是为了什么，我甚至怀疑父亲是不是有点心理变态。

但真正使我认识父亲的，却是家里发生的那一场火灾。

据母亲讲，那场火灾是因为邻家的孩子玩火，不小心点着了自家的房子，我家的房子也跟着遭了殃。当时，父亲刚从田里回来，二话不说，扔下锄头，便闯入了那两间烈焰腾腾、浓烟滚滚的小草房里。母亲和周围的邻居都惊呆了，都在想，窝囊了大半辈子的父亲哪来的勇敢、果断，难道这几间破屋里藏着比他生命还重要的宝贝不成？大约过了八九分钟，父亲满身是火，摇摇晃晃地跑了出来，一双胳膊紧紧地护着胸口，好像怀里揣着一件稀世珍宝似的。就在父亲跑出来没几步，忽然身后“轰隆”一声闷响，那两间草房惨然倒下，父亲也忽然昏厥过去……待母亲和周围的邻居把父亲抬到安全的地方，父亲已不省人事，唯有额头上那凸起的血管恰似一条条蠕动的蚯蚓。当母亲小心翼翼地挪开父亲那双瘦骨嶙峋的胳膊时，发现父亲怀里揣着的竟是一摞发黄的奖状——那是我从小学到今天获得的全部荣誉。

我永远忘不了在医院见到他的情景。父亲昔日那浓浓的眉毛、稀疏的头发、乱蓬蓬的胡子全被烧焦了，身上也被烧伤了多处，原来的肺病更重了，不停地咳嗽。他睁开那双苍老、无力的眼睛，慈爱地注视着我，用微弱的声音告诉我：“孩子，你的那些奖状一张也没烧着，等我们房子盖好后再重新贴上……”

我的眼泪“吧嗒、吧嗒”地掉了下来。那一刻，我终于明白，儿子本身就是父亲的作品，儿子的每一点成绩、每一分进步，都是贴在父亲心头的奖状，儿子的成功就是父亲终生渴望、梦寐以求的莫大荣誉。

这时我才明白，父亲原本并不“窝囊”，为了儿女的前途，父爱何计生死荣辱呀！

"白色天使"

那一年我上高中，家里正是水深火热的时节。屋漏偏逢连天雨，本来就家境贫寒，又遭遇了一场大冰雹，地里所有的农作物都被打成了"残疾"，这意味着一年的收成都泡汤了。父亲在一夜之间白了头发，不仅仅是为了他的庄稼，也为了那个是否让我退学的难题。

无论如何也不能让孩子中途退学，这是父亲对我和对他自己的承诺。由于生活窘迫，我在学校里处处捉襟见肘，那点可怜的生活费要精打细算到每一分每一毛。我在食堂吃最便宜的饭菜，而且每顿饭都只吃个半饱。即便如此，兜里的那点钱每月还是早早就"举手投降"了，向生活缴了枪。

同学们自发组织的一些活动我从不参加，我的"小气、抠门"是我的"死穴"，在他们攻击我的时候常常令我无还手之力。但我也有自己的骄傲，那就是我的学习成绩一直名列前茅，还有我的篮球水平，在学校里也是数一数二的，它可以让我一直挺直着腰板，永不低头。

学校里要举行篮球赛，作为班级的主力，我是必须要上场的，可是摆在我面前的一个难题是：我要穿什么鞋子去比赛？我羡慕同学们脚上那一双双白得耀眼的运动鞋，有阿迪达斯的，有耐克的……如果能穿上那样一双鞋子在篮球场上飞奔，该是多么潇洒，多么英姿飒爽啊。

可我只有两双布鞋，脚上的这一双和包里的那双新的，都是母亲自己缝制的，虽说那是母亲一针一线缝制出来的，但我并未感到舒适过。它只能踩在家乡的山路上，一旦踏上城市那做了各种标记的马路，我的脚就像踩到了炭火上，格外难受。因为人们看我时总是先盯着我的鞋子看，我看到他们的脚上穿的都是漂亮的鞋子，那个时候我是气馁的，一双鞋子泄漏了我难以启齿的身世：一个穷酸的"土包子"。有一次父亲来，同学们喊我："你爸在校门口找你。"我问他们怎么知道是我父亲，他们说："因为他穿了和你一模一样的鞋。"接着是一大帮人肆无忌惮的笑，很坏的笑，能把人撕碎的笑。我看着脚下的鞋子——这贫穷和寒酸的象征，我恨不能一下子把它踢到南极去，让它再也回不到我的脚下。

我决定向父亲要一双运动鞋。尽管我知道它很贵，尽管我一向都很乖，很能体谅父母。那些天的夜里，我只做一个梦：我穿着白得耀眼的运动鞋，在篮球场上飞奔。我不停地扣篮、扣篮，我像长了翅膀一样，我飞了起来！

那时我还不知道家里遭了灾，在电话里还不忘跟父亲幽默一把："老爸，您儿子山穷水尽啦！"父亲对家里的灾难只字未提，装做轻松地说："别急，老爸明个给你送钱去，让你柳暗花明。"

我没想到父亲会亲自把钱给我送来，往常都是直接通过邮局就汇来了。我埋怨父亲糊涂，不会算账，往返的路费要比那点汇费多很多呢。可父亲说他是搭别人的车过来的，没花钱。"那回去呢?"我还在为父亲的愚钝不依不饶，父亲却不恼，他一辈子都没有恼过，他憨笑着说："这不顺道还能看看你吗！"

梦终归是梦，现实还是把它打回了原形。当我向父亲说出要一双运动鞋的时候，他显得很尴尬，说他没带闲钱来。他支支吾吾地说："对不起。""只要你球打得好，同学们就会给你鼓掌的，谁会在乎你穿什么鞋子呢?"父亲自己都觉得这个安慰有些牵强，所以说的时候声音很小，仿佛自言自语一般。

我哭了，当着父亲的面。其实我完全能预料到那样的结果，父母是没有闲钱买这些奢侈品的。但我还是哭了，哭得很委屈。父亲站在那里，不停地搓着两只手，像个做了错事的孩子，显得手足无措。没和父亲说再见，我扭头就回学校去了。

运动鞋的梦想从此彻底破灭了。我想我不能在全校的同学面前丢丑，不能让所有的人都因为我的那双布鞋而笑话我，所以我决定退出篮球队。老师找到我，要我说出退出的理由，我支支吾吾地说只想抓紧时间学习。

其实他们哪里知道，我是多么想在篮球场上奔跑啊！

就在比赛的前一天，门卫打电话过来，说有人找我。我在校门口看到了父亲，他的手里拎着一双崭新的运动鞋，耀眼的白，让我睁不开眼睛。我以为自己仍然在梦中，直到父亲催促我穿上试试的时候，我才敢确定这是真的。尽管它不是名牌，但足以令我爱不释手，它真漂亮，我愿意叫它"白色天使"。我忍不住问父亲，怎么舍得花钱买了它?

父亲说，自从那天听了我的心愿之后，他就忍不住去了商场，打听那些运动鞋的价钱，准备回家取钱给我买。可是每一双鞋的价钱都让父亲倒吸一口凉气。在柜台前，他盯着那些好看的运动鞋看，其实是在看他儿子的心愿。正巧人家在搬货，嫌父亲挡道，就一个劲地往边上撵父亲。父亲是个干活的人，看不惯他们干活的样子，像小孩子们过家家一样。他忍不住替他们搬起货物来，以一当仨。搬完后，老板非要给他些酬劳，他却不肯收。他说就帮了这么点忙，怎么好要钱呢？可老板却坚持要给他，他就指了指货架上的那双运动鞋，挠着头，不好意思地对老板说："俺给你干一星期活，换那双运动鞋行不行？"老板犹豫了一下，但还是同意了。

那一个星期对父亲来说，是一种多苦的煎熬啊。出力倒没有什么，关键是吃饭和睡觉的问题。因为口袋里没有几个钱，父亲只好每天吃一顿饭，而且每顿饭只吃一个馒头。晚上没地方住，父亲只好到桥洞里去对付，被蚊子咬得满身是包……

"就这样，鞋子到手了。"父亲不无得意地说着。我却再一次流下了眼泪。父亲慌了："怎么了，不满意这个样式？那我可以去给你换……"我一个劲地摇头，说满意。"都大小伙子了，别总掉眼泪。"父亲拍了一下我的肩膀，说要趁早往家赶，要不晚上就到不了家了。100 多里路，父亲坚持要走着回去。

我急了，一把拽住父亲，问他是哪个商场，我要把鞋退掉，为父亲换一张回家的车票。父亲死活不肯，我抱着父亲说："爸，相信我，没有这双鞋子，我一样可以堂堂正正地走路。"

那一刻，我感觉自己一下子就长大了，真正的长大了。

那场比赛，我穿着朴素的布鞋上场了。我不停地飞奔，不停地投篮，不断地把球投进篮筐，威力无比，势不可挡，仿佛长了翅膀一样，像是在飞翔。在飞奔的时候，我想到的是父亲；在投篮的时候，我想到的是父亲，我要让父亲知道，我是他最棒的儿子。

从此，我在学校里有了和乔丹一样的绰号：飞人。

从那以后，我更加勤奋地学习，终于在第二年的夏天，考取了梦寐以求的大学。我成了我们山村里飞出去的"金凤凰"，我真的会飞了，是父亲给了我坚强而自信的翅膀。

父亲，我唯一的翅膀在你那里。只有你，才可以让我飞翔。

父　子

一家人靠采药度日，父亲天天都要爬山去采药。

山大，山险，父亲风中雨中一日日爬，爬过了大半辈子。

儿子一天天大起来，父亲让儿子也爬山。父亲拿一根绳子，一头拴了儿子，一头拴了自己，父亲在前面爬，儿子在后面爬。第一次爬山的时候，站在悬崖下面，父亲问儿子："你腰里的刀干什么用的？"儿子说："到山上挖药用的。"父亲说："还有呢？"儿子看看前面的悬崖，看看悬崖上郁郁葱葱的树木，又瞪大眼睛看父亲。很久，摇摇头。父亲说："以后你会知道的。"

一天，父子俩看见绝壁上一大片草成坟状隆起，严严密密形成了一个包围圈。是参，是百年老参。父子俩奋力向上爬。父亲爬在前面，儿子爬在后面。没有路，只有陡峭的石壁，几乎无处可攀附。父子俩一点点往上艰难地移动，父亲抓住了一丛荆棘，离那棵参只有一步之遥了。突然，父亲感觉系在腰间的绳子猛地向下一坠，抓住荆棘的手几乎要脱开，紧接着传来了儿子的惊呼。父亲低头看，儿子已经离开了石壁，被绳子吊着腰在半空里悠荡。

儿子的喊声惊惧而又慌乱。儿子喊："父亲，救我呀！"儿子的喊声在莽莽苍苍的山间传过去又传过来，传过来又传过去，久久不散。

父亲不吭声。父亲只是奋力往上爬。父亲要攀住那棵荆棘。这时候父亲明显地感觉到自己老了。他感觉到自己的十根手指似乎在一点一点地松下去，松下去。可是不能松，父亲对自己说，下面有那根紧绷的绳子呀！父亲什么都不顾，他只是向上、向上。后来他的胳膊攀上去了，再后来，他的整个身子都攀上去了。攀上去的父亲又一点点地把儿子拉了上去。

在攀上去的过程中，父亲的腰被别在腰上的刀硌了，但父亲没有感觉到。这一次爬山使父亲大病了一场，然后父亲就明显衰老了。

衰老了的父亲仍然坚持要爬山。仍然是一根绳子，一头拴了父亲，一头拴了儿子。不过，父亲和儿子换了位置，儿子在上面爬，父亲在下面爬。

儿子说父亲老了，不让父亲爬。父亲却坚持要爬，他不放心儿子。

站在山脚下，父亲对儿子说："你该知道刀还能干什么用了。"儿子瞪大眼睛看父亲，但父亲没有说。

一日又一日，风中雨中。一天，父子俩又在一面绝壁上看见一棵很大的山参。父子俩奋力向上爬。在儿子快要爬近山参的时候，爬在下面的父亲手松了。父亲离开了绝壁，在半空里悠悠荡荡。抓住一丛荆棘的儿子感觉到父亲很重很重，很重很重的父亲就要把他拉着坠下山谷了。儿子很惊恐地大声喊："天啊，怎么办呀？"父亲不吭声，只是很吃力地从腰间抽出那把刀，朝绳子砍去。刀很锋利，一刀就把绳子砍断了。

绳子断了之后，父亲就朝山谷里坠下去。父亲的身子刚刚接触山岩，便有很长的一截绳子也坠了下来，落在父亲的身上。绳子在父亲的身上颤颤地抖，似一条长蛇。绳子两端的刀痕都是齐刷刷的，刀快极了。

要是父亲能看到他身上颤动的那根绳子，他肯定会笑的——儿子到底明白了刀的用处——当父亲挥刀砍断绳子的时候，儿子也同时挥起了刀。儿子终于明白刀可以做什么用了。

母爱似水

母爱似水，母爱是源，无论你奔到哪里，身上流淌的，依然有不尽的源头之水。母爱如春天里温暖的阳光，也像婆娑的大树，让我们沐浴在明媚的春光之中，借着大树的绿荫庇护，如小草一样茁壮成长。

汶川地震中的母爱故事四则

（一）

一条写好的短信

当抢救人员发现她的时候，她已经死了，是被垮塌下来的房子压的，透过那一堆废墟的间隙可以看到她死亡的姿势：双膝跪着，整个上身向前匍匐着，双手扶着地支撑着身体，有些像古人行跪拜礼，只是身体被压的变形了，看上去有些诡异。救援人员从废墟的空隙伸手进去确认她已经死亡，又冲着废墟喊了几声，用撬棍在砖头上敲了几下，里面没有任何回应。

当人群走到下一个建筑物的时候，救援队长忽然往回跑，边跑边喊“快过来”。他又来到她的尸体前，费力地把手伸进女人的身子底下摸索，他摸了几下高声地喊：“有人，有个孩子，还活着！”

经过一番努力，人们小心地把挡着她的废墟清理开，在她的身体下面躺着她的孩子，包在一个红色带黄花的小被子里，大概有三四个月大，因为母亲身体庇护着，他毫发未伤，抱出来的时候，还安静地睡着，他熟睡的脸让所有在场的人感到很温暖。

随行的医生过来解开被子准备做些检查，发现有一部手机塞在被子里。医生下意识地看了下手机屏幕，发现屏幕上是一条已经写好的短信：“亲爱的宝贝，如果你能活着，一定要记住我爱你。”看惯了生离死别的医生忍不住在这一刻落泪了，手机传递着，每个看到短信的人都落泪了。

（二）

腹中胎儿的力量

地震瞬间摧毁了35岁的高龄孕妇张晓燕位于都江堰观景路的家，将一家5口人掩埋在废墟下。怀孕8个多月的她在废墟下坚持了50个小时才被消防官兵救出。她说是腹中这个来之不易的孩子支撑着她，让她一定要坚持下去。

地震发生时，张晓燕正坐在卧室的阳台上给孩子织毛衣，母亲在她旁边睡觉，公公、婆婆和奶奶都在房间里午睡，丈夫正在外面开出租车。

突然，张晓燕发现阳台上的花盆不停地晃荡，紧接着整栋楼都开始剧烈地晃动起来。她扔下毛衣，一边大声呼喊“地震了”，一边拉着母亲就往门口跑。刚跑到门口，头顶“轰隆”一声巨响，她家所在的6层楼房轰然倒塌，一家5口被埋在废墟下。

“突然眼前一片漆黑，我被震得跪在地上，周围全是沙土和砖块。”回忆起当时的情形，张晓燕还心有余悸。她和母亲被卡在门和水泥板的缝隙之间。腹部传来一阵疼痛，又惊又怕的她抚摸肚子，能清楚地感觉到孩子在肚里动个不停，看来吓得不轻。她轻抚肚子安慰道：“别怕，有妈妈在。”

幸运的是母女俩都没有受伤。“这个孩子我们一家人苦盼了10年。”张晓燕说。母女俩用双手刨出了一条小缝隙，既能看见外面的亮光又能呼吸到一点新鲜空气。

不一会儿，楼下就传来了营救人员的呼喊声。张晓燕和母亲大喊，但声音被淹没在废墟中无人听见。母亲开始无助地哭泣，张晓燕赶忙安慰母亲。

就在这时，废墟外的丈夫听到了她们的呼喊。消防官兵立即展开营救。机智的张晓燕又将缝隙刨开一点，努力将手指伸出去不停晃动，官兵们很快确定了她的位置。

张晓燕渐渐感觉体力不支。只听见消防官兵告诉她，尽量少说话保存体力，他们会尽全力营救她。她心里渐渐踏实了。消防官兵又将牛奶的吸管从缝隙里伸了进去，她喝了一盒牛奶。

挺着大肚子，以跪着的姿势坚持了30多个小时，张晓燕越来越疲惫，昏昏沉沉地睡着了。外面的营救一直没有停止过。张晓燕抚摸着肚子，希望孩子不要害怕。

14日，张晓燕连说话的力气都没有了，肚子里的孩子也不动了。一直跪在废墟中的张晓燕以为自己和孩子都没有救了，忍不住泪流满面。当她醒来后，已经被抬上120救护车送往都江堰市人民医院救治。幸运的是，她和孩子一切都平安。

在医院治疗后，张晓燕的情况渐渐稳定。她的母亲激动地说：“这个来之不易的孩子历经磨难，必定会给家人带来福气。”

（三）

妈妈的录音

“想起那一幕，我的头就像要裂开一样痛。”5 月 12 日地震的灾难让 27 岁的苏文图异常痛苦。4 年前，苏文图带着 21 岁的妻子吕娇莲和刚出生不久的女儿苏洋洋，从福建安溪来到成都，在绵竹大南街租了一个铺面做五金生意。2006 年年底，这个家庭又迎来了菲菲。

5 月 12 日下午 2 时，苏文图把打好包的五金配件放上摩托车。“我去送货了!”与妻子、女儿打了招呼后，他骑上摩托车离开了。他怎么也没想到，这竟然是他和妻子、大女儿说的最后一句话。地震后，当他赶回店铺时，眼前的一幕让他发出一阵撕心裂肺的惨叫：隔壁一堵厚厚的大墙倒在自己店铺前，躺在路边上的是刚刚被邻居救出的奄奄一息的妻女。邻居告诉他，救他们 3 人时发现吕娇莲和她 4 岁的大女儿被墙死死压住，小菲菲的左腿也被压住了，吕娇莲一只手仍保持着推开菲菲的姿势。“两个女儿当时在店铺大堂里玩，显然是妈妈从里面冲出来想要拉她们出去……”

舍身护女的吕娇莲和大女儿因伤势过重去世。医生说：“最小的这个娃娃在废墟中口鼻被掩住，窒息休克，左脚被严重压伤，看来希望也不大了。”但是对苏文图来说，即使只有最后一线希望，他也要紧紧抓住！苏文图带着菲菲连夜赶到了成都市儿童医院。

医务人员立即抢救菲菲。菲菲的小脸蛋苍灰、青紫，呼吸极不规则，全身多处骨折，还在不住地抽搐，左脚渗出的鲜血染红了包扎的纱布。“上呼吸机！输液、输血！”小心翼翼地打开菲菲左脚裹着的纱布和敷料，医务人员这才发现菲菲左脚毁损，在心率、血压恢复一些后，只得为她进行了截肢手术。

“好可怜，看着都让人心疼。”参与抢救的市儿童医院重症监护室主任张国英说，“小小的孩子，失去了妈妈和姐姐，自己的左脚也失去了……今后的路还那么长，她却过早地承受了这么大的痛苦。”

这 20 多天来，菲菲一直戴着呼吸面罩，在重症监护室里治疗。因为脑水肿，孩子一直未能苏醒过来。医院专门派了护士 24 小时轮流照顾菲菲。护士阿姨们每天都陪着菲菲说话，轻轻地抚摩着她的头，她们总会告诉小女孩：“菲菲，你最乖了。知道你是最坚强的孩子，阿姨最喜欢你。”

“但是菲菲一家是福建人，父母在和她说话时一般用闽南语，所以她不太听得懂我们说的四川话。”张主任说。每天苏文图都会换上隔离服守在重症监护室菲菲的病房里，这是医院破例允许他每天都探望菲菲几个小时，陪女儿说说话，希望菲菲能够尽早苏醒过来。“菲菲，爸爸在这里，不怕了。”苏文图每天都用家乡话对女儿不停地鼓励，“菲菲，你要乖，要早点醒过来。”虽然女儿还在昏迷中，但苏文图却看到一串晶莹的眼泪从女儿紧闭的双眼流出……

在医务人员的精心照料和爸爸的深情呼唤下，菲菲一天天好起来。5 月 30 日，苏文图拿着手机，里面有一段 8 分钟的视频录像，是 3 月 27 日妈妈给菲菲喂牛奶后的画面。“乖乖，妈妈拿纸给你擦鼻子。”看着爸爸在录像，调皮的菲菲将擦了鼻涕的纸一下扔到了爸爸脸上。“一、二、三、四……”妈妈随后又用闽南语教菲菲数数。苏文图一边为女儿放这段录像，一边用闽南语和女儿低声“交谈”着。这时，张主任走进病房查房，苏文图转过身来走到病床的另一侧。张主任惊喜地发现，已经失去意识 18 天的菲菲一直转着头朝爸爸的方向看着。“菲菲的意识恢复了!”

昨日，护士举着输液瓶，苏文图小心翼翼地抱着菲菲，从重症监护室转入了普通病房。“现在菲菲安静多了，前几天实在太闹了。”苏文图说，“菲菲一哭闹，我就将她妈妈的声音放给她听，她就会安静下来，慢慢就睡着了。”

(四)

“爸爸”的短信

陈素文是句容一名普通女子。5 月初，她丈夫戴林作为专家赴北川援建水泥工程，9 天后遭遇了汶川大地震。陈素文千里远赴北川寻夫救夫，眼睁睁看着丈夫遇难。此时在南京的女儿正在准备迎接高考。她忍着丧夫剧痛，在一个月内每天模仿丈夫的口吻发短信激励女儿。高考结束了，女儿终于知道了真相……

勇闯北川，找到奄奄一息的丈夫却无力施救

5 月 12 日下午，当四川汶川发生地震的消息传到句容时，陈素文的心立即揪了起来，她立即拨打丈夫及其领导和朋友的电话，但北川那边一个电话也打不通。13 日晚 12 点多钟，陈素文和妹妹一道，乘坐南通朋友的汽车，连夜直奔北川。

经过 20 多个小时的颠簸抵达绵阳，陈素文没有在医院找到丈夫。第二天一大早，他们又搭上部队的便车，向北川进发。陈素文终于找到了丈夫

单位租用的工作地点——北川信用合作联社。9天前送丈夫来北川工作时所看到的8层大楼，此刻已成一片废墟，下面3层已经塌陷，丈夫在4楼办公，但也找不到了。

也许是夫妻间的心灵感应，陈素文突然直奔大楼东侧，钻进废墟里，突然她发现一只非常熟悉的手！陈素文拼命呼喊丈夫的名字，但丈夫已奄奄一息，无力回应，他手上紧紧握着一本已经四分五裂的《中国水泥工程手册》。陈素文告诉记者，当时她的心几乎都碎了。由于余震不断，在被别人拽离现场时，陈素文找到了丈夫的手机。后来丈夫最终被抬出，但因医治无效遇难。

戴林的领导告诉记者，戴林是水泥行业的年轻专家，到北川工作刚刚9天。南京几个公司想高薪挽留他，但都被他拒绝了。他死得很可惜。

独担剧痛，每天以爸爸口吻给女儿发2条短信

"爸爸，我就要高考了，非常想你。我昨晚梦见了你……" 丈夫手机突然收到女儿的短信。此时，陈素文刚踏上回家的路途。看到女儿的短信，陈素文当场晕厥。当她醒来时，第一个反应是，绝不能让女儿知道丈夫的真实情况，不能影响女儿的高考。于是她拿起丈夫的手机，以爸爸的口吻给女儿发出了第一条回信："好女儿，老爸在地震中腿受伤了，正在医院治疗，喉咙被灰尘呛了，还不能讲话，但我在北川祝福你，相信你会和爸爸一样充满信心。"

女儿戴骋在南京金陵中学河西分校读书，英语比赛曾获全国第三名，所以丈夫的心愿就是让女儿报考北京外国语大学。为了完成丈夫的心愿，陈素文决心不让女儿分一点心。她对记者说："我们夫妻感情特好，所以一连几天，我都回不过神来，但如果自己无法摆脱痛苦，又怎么能装出笑脸？所以我就对着镜子不停地搓脸，努力让自己平静下来。"

但懂事的女儿坚持要听一下爸爸的声音，为了"糊弄"女儿，她每天都装做若无其事的样子，并反复告诉女儿，爸爸没有多大问题，只是腿受了伤，喉咙被呛了不能说话，正在医院接受治疗，只能发短信交流。为瞒住女儿，陈素文关照所有亲人，绝对不能吐露一个字。每当女儿回家时，她就偷偷将丈夫的手机卡换上，忍着极度的悲痛模仿丈夫的口吻，给女儿发出短信。

5月18日："想老爸啦？苦难造就成功！我相信你！高兴点老爸就不疼了，答应老爸！"

5月20日："顺其自然，高考不紧张是假，我早就讲过，我的戴骋会战胜困难，老爸真的觉得对不住你，没有兑现承诺，早点回来陪你。我想老爸虽然不在你身边，但会成功的你，应该宽容老爸。"

5月21日："老爸的腿可能要做手术，伤得太重，想想那些死去的学生和无辜的人，老爸还是很幸运的。所以我的好女儿现在要好好迎考，老爸就放心了。宝贝！我相信你！"

5月23日："离高考还有十几天了，一定不要忽视，但要休息好，有好的身体才能上考场！我始终相信我的女儿！老爸永远都是你的后盾，我的好女儿，爸爸在病床上更加想你！也想你妈。晚安！"

陈素文说："每次给女儿发短信都像是在伤口上撒盐，但不知为什么，每次发短信，我仿佛就变成了戴林，并且每条短信都非常像戴林的口吻，连我自己都觉得很奇怪。"

就这样，陈素文坚持每天以丈夫的口吻给女儿发2条短信，高考的前一天，她给女儿发去了最后一条短信，以父亲的口吻鼓励女儿轻松应考，发挥出自己的最佳水平。发完这条短信，陈素文瘫软在地放声痛哭。

告知真相，"妈妈的坚强是我取之不尽的精神财富"

高考结束了，此时也应该将真相告诉女儿了。当班主任陈老师将实情告诉戴骋时，戴骋号啕大哭，因为这个噩耗来得太突然了，她扑倒在妈妈的怀里，母女俩哭成一团。2个小时后，戴骋停止了哭声，她开始安慰已经非常脆弱的母亲。此时她一切都明白了，一个月的短信原来都是妈妈发给她的。戴骋对记者说："过去我只知道爸爸坚强，现在我明白了，妈妈也很坚强！"

15日，推迟1个月的追悼会终于在句容殡仪馆举行，戴骋在追悼会上的答谢辞中说："爸爸的一生都在追求着他梦寐以求的目标，我知道他不会后悔自己的选择……是妈妈的坚强支撑我走过高考前的那段永生难忘的日子……这种坚强将是我取之不尽的精神财富，这笔财富是对爸爸在天之灵的最大安慰。"

细柳教子

清康熙年间，山东即墨县有个叫高东方的富翁，妻子不幸因病去世，丢下一个不到5岁的男孩长福。高东方一个大男人如何能拉扯孩子呢？万般无奈，高东方只好再娶了。

长福的继母叫细柳，年方19。嫁过来后，细柳和高东方举案齐眉，百般恩爱。难得的是，细柳对长福也很关心，从不打骂。有一次，细柳要回娘家，小长福拼命大哭，一定要跟去，高东方怎么劝也不听。见他们母子如此情深，高东方心里的一块石头总算是落地了，十分安慰。

一年后，细柳也生了一个白胖小子，取名长怙。正是一家人和美幸福的时候，不料天有不测风云，高东方有一天和朋友喝酒，回家的路上从马上跌落而死，细柳和两个孩子成了孤儿寡母。

光阴似箭，一晃长福就到了10岁，细柳将他送至私塾学习。但是，长福十分贪玩，三天打鱼，两天晒网，动不动就逃学，而且一逃学就跟着一群放牛娃疯玩，经常是三天两头也见不到他的人影。细柳先是痛骂长福，随后是痛打他，棍子都打断了好几根。长福每次挨打时也疼得鬼哭狼嚎，但奇怪的是，他根本不怕挨打，好了伤疤忘了痛，依旧逃学，依旧贪玩，细柳根本拿他没辙。

一天，细柳将长福叫到跟前，对他说："长福，你既然不愿读书，我也不能勉强你，反正我也对得起你死去的爹娘了。不过，我们又不是什么大富大贵的人家，养不起吃闲饭的人。从今天起，你得学会自己养活自己了，你不是喜欢放牛吗？这样吧，你脱下身上的衣服，换上旧衣服去放牛。记住，你一天不劳动，就没有饭吃！我还要狠狠揍你！"

于是，从这天起，长福穿上破旧衣服，天不亮就外出放牛，夜深了才回家，回了家也没有可口的食物等着他——他得自己热细柳和长怙吃剩的残羹冷炙。就这么过了十来天，长福实在受不了了，这样的日子太苦了。于是，他哭着跪在细柳的面前，说："娘，还是送我去读书吧，我一定好好学习。"细柳面若冰霜，好像压根儿就没有听见，转身就到了里屋。长福跪了半个时辰，见继母不会回心转意，只好拿着牛鞭，含着眼泪去放牛。

深秋了，寒风阵阵，长福还是穿着那身破单衣，几个脚趾全部从破鞋子里露出来了；冷雨绵绵，长福冻得缩头缩脑，就像一个小叫花子。邻居们看见了，都纷纷摇头："没亲娘的孩子，可怜啊！世上的后娘，没一个好心肠的！"细柳听在耳里，看在眼里，但还是那副铁石心肠，根本不心疼长福。

可怜的长福终于没有办法忍受了，他逃走了。邻居王大妈听说后，拄着拐杖问细柳："孩子他妈，你得去找找那孩子呀，好歹他也是高家的一根苗啊!”细柳眼都没抬:“脚长在他身上,他要走,我有什么办法!”这下,邻居们更是在背后指责细柳心肠狠毒。

三个月后,长福在外面讨饭也吃不饱了,混不下去了,只好灰溜溜地回家。但他也不敢冒冒失失地进自己的家门,于是他哀求邻居王大妈帮自己转告细柳。细柳说:“他如果能挨一百棍子,就来见我,否则,他还是不要进这个门槛!”长福听了,猛然冲进家门,痛哭流涕:“我愿意挨打,只求娘肯让我回家!”细柳问:“你知道悔改了?”长福说:“我知道。”细柳说:“既然你已经知道悔改了,就不用挨打了。安分放牛吧!”长福大哭:“娘,我愿意挨一百棍子,只希望您让我继续读书!”细柳把头摇得跟拨浪鼓似的,坚决不同意:“让你读书,那是瞎子点灯——白费蜡!”经过长福一再苦苦哀求和王大妈的劝说,细柳才勉强同意。

经历这一番磨难后,长福深知读书机会来之不易,他开始洗心革面,重新做人。他勤奋刻苦,学业上突飞猛进,14 岁就考上了秀才,成了县里青年学子中的佼佼者,很得县令杨公的赏识。这正是:不经一番寒彻骨,怎得梅花扑鼻香。

花开两朵,各表一枝。细柳的小儿子读书 5 年,也不能写出一篇像样的文章。细柳知道长怙不是读书的材料,长叹一声,让他回家务农。长怙天天面朝黄土背朝天,汗珠子一串串地往土里流,当然不乐意喽。长怙稍微流露出一点点这样的心思,细柳马上大怒:“自古以来,百姓各有一种安身立命的本领。你一不能读书,二不能务农,你想饿死在臭水沟里啊?”说着,细柳操起一根擀面杖就劈头盖脸地打下去,长怙见势不妙,只好乖乖地干活。这以后,长怙只要稍微有一点偷懒,细柳就破口大骂,还棍棒齐下。而最让长怙不服气的是:家里的好衣服、好食物,细柳都留给哥哥长福。长怙看着这一切,心中敢怒不敢言。

3 年后,长怙熟悉了所有的农活,细柳拿出本钱叫长怙学习做生意。长怙一下子变得轻松了,手中还有一点小钱可以自己支配,于是,他开始到赌场去赌博。输了钱,他就向母亲撒谎,说是什么遇上小偷啦、运气不好啦。细柳慢慢地发现了事情的真相,把长怙叫过来,又是一顿痛打,打得长怙几次昏过去。长福担心弟弟有生命危险,“扑通”一声,直直地跪在母亲的面前:“娘,弟弟年幼无知,是我没有教好弟弟,我有责任。请您打我吧!”细柳这才停止。打这以后,长怙一出门,细柳就派得力的仆人跟随,长怙也只好夹着尾巴好好做人。

几个月后，长怙对细柳说："娘，咱们乡里有几个人准备结伴到济南府做买卖，我也想去长点见识，您看行不？"说完，长怙恭恭敬敬地垂手而立。细柳沉吟片刻，微笑点头："也罢，你去一趟也好。"长怙大喜。

第二天，长怙临行前，细柳拿出30两白银和一个金元宝，对他说："长怙，这30两银子给你作本钱，是赚是赔都没有关系，年轻人嘛，长见识是最重要的。这个金元宝，是你祖上的遗物，我把它送你，是让它保佑你一路平安，你可一定不能去动它！"长怙心中狂喜，表面却连连点头。

到了济南府，长怙找了个借口，摆脱了同乡，一个人大摇大摆直奔济南有名的赌场——得胜楼。不到10天，30两银子就打了水漂，还欠了一些赌账。长怙想着还有一个大金元宝，心里既不发慌也不怎么心疼，得意洋洋地拿出大元宝请赌场老板给换成碎银子。没想到老板把它一劈开，里面居然是铜的！长怙这下子脸都白了，手心里开始冒冷汗。赌场老板白了长怙一眼，笑道："这位大爷敢情在开玩笑？"长怙赶紧辩说："小的实在不知情。这样吧，我马上去借钱，一定还上您的钱！"老板对一个伙计耳语一番，而后指着凳子对长怙说："这位爷，你先在这里一会儿，我还有点事。"

不一会儿，两个衙役气势汹汹地赶来，将长怙牢牢捆绑。到衙门后，长怙还是丈二金刚摸不着头脑，不知道自己为何进了官府，他低声下气地询问衙役，才知道是赌场老板向衙门告发自己制造假钱。因为证据清楚，加上没有保人，挨了一顿痛打之后，长怙被关进了监狱。在监狱中，可怜他哪有一文钱来讨好牢子们呢，于是，牢子们更是对他拳脚相加，长怙吃尽了苦头。

再回过头来说细柳。当初，长怙前脚才离开家，细柳就对长福说："20天后，你得到济南府走一趟。我老了，怕到时候不记得了，你可记住哦。"长福不知道母亲是什么意思，以为母亲真的老糊涂了，不禁暗中难过。过了20天，长福问母亲，细柳说："你弟弟现在轻浮放荡，就像你当年不爱学习一样啊。当年，如果不是我不怕背上恶后娘的骂名，狠下心去治你，你今天哪里有这样的成就啊？当年，我见你那个样子，我是一次次在背后落泪啊！"说着，细柳流下了眼泪，长福站在旁边，恭恭敬敬地，一句话也不敢说。细柳接着说："你弟弟并没有完全收心，所以我故意给了他一个假元宝，让他受点儿罪。现在，我估计他已经在监狱里蹲着了。济南府的府尹大人就是当年我们的县令杨公，他那么赏识你，你去求他，一定可以将你弟弟放出来，而这样，你弟弟也一定会悔改的。"长福立刻出发。

等长福到济南一打听，弟弟果然已经蹲了 3 天大牢，那样子是人不人，鬼不鬼。弟弟见了哥哥，放声大哭。

长怙到家后，见了母亲，长跪不起。细柳满脸怒容："这下你满意了吧?"长怙羞愧地哭泣，恳求母亲原谅，长福也跪下为弟弟求情。

从此以后，长怙痛改前非，踏实做生意，兢兢业业。细柳终于培养出了两个好儿子。

空白的信

西蒂一出生双眼便看不见。西蒂的父亲杰克是银行职员，母亲丽莎原来在一家商场当售货员，因为西蒂，她毅然做了家庭主妇，专门照顾西蒂及丈夫杰克的日常生活。

在西蒂 10 岁那年，她的母亲丽莎对西蒂说，因为要给她医治眼睛，她的父亲杰克必须到离家两千公里的希德堡镇做生意。而她也要外出工作，并已经联系到了离家最近的那家超市，她的工作依然是营业员。母亲接着说，只有这样才能赚够给她医治眼睛的钱。虽然爸爸离家太远不能经常回家，但妈妈每天晚上都会回家照顾她、陪伴她，并让她相信，不管什么时候爸爸妈妈都是爱她的。西蒂懂事地点了点头。

在妈妈的帮助下，西蒂将家里的东西全部放在固定的位置，并深深地记在脑中。西蒂决定学会自理生活。她学着自己烤面包，自己煎牛排，妈妈不在家里时候，她就自己做饭吃。每天，妈妈都要很晚才回家，西蒂感觉得到妈妈一定很累，因为每天夜里她都听到了妈妈的叹息声。但妈妈在跟西蒂说话的时候，又好像很快乐、很开心。西蒂经常问妈妈是不是很累，但都被妈妈否认了。妈妈说，只要能赚够医治好西蒂眼睛的钱，叫她干什么她都乐意。西蒂的爸爸跟妈妈的心愿也是一样的，他在遥远的希德堡镇赚钱的目的就是希望西蒂的眼睛能够尽快好起来。只有到了那个时候，他们一家才能够团聚。西蒂不止一次地说，如果爸爸妈妈能够留在自己身边，她宁愿自己的眼睛永远也看不见。妈妈丽莎听了这话很生气，说爸爸妈妈不能陪你一辈子，你迟早是要独自面对生活的，爸爸妈妈唯一的心愿就是治好你的眼睛。西蒂不再出声了，她唯有祈祷上天，希望他们一家人早点团聚。

转眼，圣诞节到了。西蒂想爸爸了。西蒂懂事地跟妈妈说，她知道忙碌的爸爸肯定回不来，但她想给爸爸打个电话。妈妈沉默了很久才说："还是不要打电话了，因为爸爸太忙了，并且他已经写信来了，不如我现在就念给你听吧。"西蒂高兴极了，说："真的吗，爸爸真的给家里写信了吗?"于是，她一脸幸福地听妈妈念爸爸的来信。

亲爱的妻子丽莎及女儿西蒂：

你们好，我在这里很好，只是很想念你们……我现在唯一的希望就是赚够给西蒂治眼睛的钱，然后我们一家团聚。请你们一定要相信，这一天很快就会到来的。

永远爱你们的杰克。

听了爸爸的来信，西蒂高兴极了，母女俩为此还买来了好多吃的东西庆祝了一番。从此，每隔几个礼拜爸爸的信便如期而至，妈妈丽莎照样要念给西蒂听。然后她们便高兴得在屋子里又唱又笑，还买来很多吃的东西庆祝，就像过节一样。

终于有一天，西蒂睁开了眼睛。但她仍然只看到了妈妈，爸爸并没有回来跟她们母女俩团聚。西蒂睁开好奇的双眼，整个世界对她来说都是新奇的。她看到了挂在墙壁上的爸爸妈妈的照片，她发现，站在她面前的妈妈比照片上的要苍老很多。这都是为了医治她的眼睛，妈妈才如此操劳的啊。她又想起了爸爸，爸爸也一定跟妈妈一样，为了给她医治眼睛而不停地操劳，最终变得无比苍老。她问妈妈："爸爸呢?现在我的眼睛已经医治好了，他为什么还不回来?"妈妈习惯性地去拿爸爸的信，妈妈说："好孩子，你爸爸又来信了，我去拿来念给你听。"这次西蒂没有让妈妈念，她要亲眼看一看爸爸写给她的信！当她偷偷拿过那封信一看，不禁呆住了，那竟是一张白纸！西蒂懂事地又将那张白纸递给妈妈说，我不识字，还是请妈妈念给我听吧。

妈妈跟往常一样高兴地念着，西蒂听着听着便笑了。

第二天，当妈妈外出工作的时候，她发现爸爸以前写回来的每封信都是白纸。她还悄悄地跟踪妈妈，发现妈妈白天在超市里工作，下班后还要去一家餐馆里洗几个小时的碗。

在西蒂去上学后的一天，她突然发现了一个跟挂在家里的爸爸的照片很相像的男人，那个男人搂着一个比妈妈年轻的女人，有说有笑地在大街上与西蒂擦肩而过。此时，西蒂什么都明白了，也终于明白了妈妈的良苦用心，妈妈为了维护一个孩子心中的完整家庭形象，竟然付出了巨大的代价！

晚上，妈妈下班后，西蒂突然拿着一张白纸，说爸爸来信了，这回她要念给妈妈听。丽莎一愣，但还是示意西蒂念下去。

亲爱的妻子丽莎及女儿西蒂：

你们好！我听说西蒂的眼睛已经治好了，我很高兴。只是，我现在在希德堡生活得很好，因为这是个美丽的地方，美丽得让我深深地爱上了这个地方，所以我不想回去了。但我也希望你们在家里生活得快乐平安。如果有可能的话，我还希望丽莎重新给西蒂找一个好爸爸，能够代替我照顾你们母女俩，这样我在这里就可以安心地生活了。以后我依然会给你们写信的。

永远爱你们的杰克。

听完信，丽莎的眼泪再也忍不住地流了下来。

樱桃树下的母爱

蒂姆4岁这年，一贯花天酒地的父亲向母亲提出了离婚。母亲带着他搬到了马洛斯镇定居。

马洛斯镇尽头有一个大型的化工厂，化工厂附近有许多美丽的樱桃树，蒂姆一眼就喜欢上了这里。

蒂姆在新的环境中生活得十分愉快。他喜欢拉琴，每天都拿着心爱的小提琴来到院子里的樱桃树下演奏。

伊扎克·帕尔曼是蒂姆最喜欢的小提琴家，他跟蒂姆同样在小时候便患上了小儿麻痹症，成为终生残疾，无法站立演奏，但他却以超常的毅力克服困难，最终成为世界级小提琴大师。母亲常以此激励蒂姆，蒂姆也没有辜负母亲。几年过去了，他的琴技日渐提高，悠扬的乐声是他们生活中最美妙的伴奏。

不幸还是再一次降临到了这对母子身上。化工厂发生了严重的毒气泄漏事故，距离化工厂最近的蒂姆家受到了严重的影响。蒂姆时常恶心、呕吐，最可怕的是他的听力开始逐渐下降。医生遗憾地表示，蒂姆的听觉神经已严重损坏，仅保有极其微弱的听力。

母亲狠下心把蒂姆送到了聋哑学校，她知道要想让儿子早日从阴影里走出来，就必须尽快接受现实。医生提醒过，由于年纪小，蒂姆的语言能力会由于听力的丧失而日渐下降，因此即使在家里，母亲也逼着蒂姆用手语和唇语跟她进行交流。在母亲的督促和带动下，蒂姆进步得很快，没多久就能跟聋哑学校的孩子们交流了。樱桃树下又出现了蒂姆歪着脑袋拉琴的小小身影。

看到儿子的变化，母亲很是欣慰。和以前一样，每次只要蒂姆开始在樱桃树下拉琴，她都会端坐在一边欣赏。不同的是，演奏结束后母亲不再是用语言去赞美，取而代之的是她也日渐熟练的手语和唇语，以及甜美的微笑和热情的拥抱。

可蒂姆的听力太有限，他很想听清那些美妙的旋律，但他听到的只有嗡嗡声。蒂姆很沮丧，心情一天比一天坏。

看儿子如此痛苦，母亲不禁也伤心地流下泪来。一天，母亲用手语对蒂姆说道："孩子，尽管你不能完全听清楚自己的琴声，但你可以用心去感觉啊！"

母亲的话深深印在了蒂姆心里，从此他更刻苦地练琴，因为他要用心去捕获最美的声音。为了让蒂姆的琴技更快地提高，母亲还想出了一个妙招——镇上没有专业教师，母亲就用录音机录下蒂姆的琴声，然后再乘火车找城里的专家进行评点。为了避免有所遗漏，她还请专家把参考意见一条条地写下来，好让蒂姆看得清楚。

可蒂姆发现，只要自己演奏较长的乐曲，有时明明超过了50分钟，早到了该翻面的时候，母亲还看着自己一动不动。事后蒂姆提醒母亲，母亲忙说抱歉，笑称自己是听得太入迷了。后来，只要录音，母亲都会戴上手表提醒自己，从此再也没出现过任何疏漏。

樱桃树几度花开花落。在法国的一次少年乐器演奏比赛上，蒂姆以其精湛的技艺和昂扬的激情震撼了在场的所有评委，当之无愧地获得了金奖。而当人们得知他几乎失聪时，更是觉得他的成功不可思议。许多人称他为音乐天才。更幸运的是，蒂姆的听力问题也受到了医学界的关注，经过巴黎多位知名专家的联合会诊，他们认为蒂姆的听力神经没有完全萎缩，通过手术有恢复部分听力的可能。

手术很快实施了，术后的效果很理想，医生说再佩戴上人造耳蜗，蒂姆的听觉基本上就能与常人无异了。

这段时间，母亲一直陪伴在蒂姆身边。佩戴上耳蜗的这天，蒂姆表现得特别兴奋，他用手语告诉母亲："从现在起，我要学习用口说话，您也不必再用手语和唇语跟我交流了。"他甚至激动地拉起了小提琴，用结结巴巴的声音说，"母亲我能听见了，多么美的声音啊！"然后他又问道，"母亲，您最喜欢哪首曲子，我现在就拉给您听好吗？"

但奇怪的是，母亲似乎根本没有听见他的话，她依然坐在那里含笑看着他，保持着沉默。蒂姆又结结巴巴地问："母亲，您怎么不说话啊？"这时，护士小姐走了来，她告诉蒂姆，他的母亲早已完全失聪。蒂姆睁大了眼睛，直到这时，他才知道真相：原来，在那次毒气泄漏事故中损坏了听觉神经的不只是他，还有他的母亲。为了不让蒂姆更加绝望，母亲才一直将这个痛苦的秘密隐藏到现在。母亲的绝大部分时间都是用手语和唇语与蒂姆交流，因为很少开口，如今都不怎么会说话。蒂姆想起年少时对母亲的种种误解，不由得抱着母亲痛哭起来。

蒂姆和母亲回到了家中。初春时节，在开满粉红花瓣的樱桃树下，伴着柔柔的和风，蒂姆再次为母亲拉起了小提琴。他知道，母亲一定听得到自己的琴声，因为她是用心去感受儿子的爱和梦想。虽然他当年在母亲那儿得到的只是无声的鼓励，但这其实是一个伟大的母亲奉献给儿子的最振聋发聩的喝彩。

我们在无声的世界中，体味发自心灵的最美的爱的音符，感受那无声的母爱、无私的给予。这就是樱桃树下诗意的幸福，一份饱含辛苦与期待的幸福。

买风筝

小乔治是个中学生，家住纽约皇后区。他长着一头金色鬈发，长长的睫毛下闪动着两只大眼睛。在操场上，小乔治更是出足风头，篮球、垒球、橄榄球样样拿手，只是那天风筝比赛出足洋相：他的风筝又小又难看，还放不起来。黑头发亚当·王的那个仙鹤风筝，借着风力，直上天空，放得最高，得了冠军。小乔治好羡慕。比赛结束后，他拖着亚当·王问长问短百般打听。亚当·王骄傲地说："风筝的发源地在中国。在我的家乡山东潍坊还举办了国际风筝比赛，那里有一种小风筝叫'掌中仙'，还没有手掌大，可好玩呢。"不过，亚当·王的风筝并不是从他家乡带来的，而是在曼哈顿买的。

小乔治被说得心痒痒的，问："多少钱?""16 美元。"

小乔治问："你能帮我挑选吗?"

亚当·王一口答应："当然。"

小乔治回到家，打开自己的小"金库"，数数他的"财产"：只有 10 美元 75 美分。

小乔治的计划是星期六去擦车，挣 6 块钱应该不成问题。于是，这天上午，他约了邻居好友斯蒂芬，提一个水桶，拿一瓶去污剂，戴上大手套，带一条大毛巾，专找那些将要在马路边停靠的小卧车兜生意。小孩擦车，其实跟闹着玩一样，擦擦挡风玻璃，抹抹门窗完事。遇上好心的太太或先生，说不定给个 5 块 8 块的。

但是，今天不走运，生意清淡，一个上午擦了两辆车，才挣了 3 美元 75 美分。斯蒂芬特仗义，知道小乔治想买风筝，就说："今天不平分，这些钱全归你。"还差 1 块多钱，小乔治不肯向爸爸妈妈伸手，他要靠自己。

星期天的清早，小乔治就去买了一份报纸，兴冲冲地给爷爷送去了。爷爷奶奶住在邻街的一幢公寓里，小乔治是爷爷家的"常客"。他一进门，就甜甜地叫了一声："爷爷，早上好！我给你送报纸来啦!"

"谢谢你帮我买报纸，抽屉里有个纸盒，里面有硬币，你去拿 1 美元，多余的是小费喽。"

爷爷真小气，一份报纸 75 美分，爷爷只给 25 美分小费。小乔治的心里真有点急了，那风筝实在太诱人，他想了想，终于鼓起勇气，第一次跟爷爷讨价还价："我要两块钱!"

爷爷一听，惊诧地看着小乔治，皱着眉说："噢，谋取暴利可要招灾惹祸的。"爷爷看得出，心爱的孙儿要两块钱，一定是有大用场，"好啦，你可以拿两美元。乔治，听清楚，其中 1 美元是爷爷给你的，不是你赚的，懂吗?"

小乔治心里明白，想赚爷爷的钱可不容易；擦车挣钱，也不容易。回家路上，他算着账：原有积蓄 10 美元 75 美分，擦车赚 3 美元 75 美分，爷爷给了 2 美元，买报纸花去 75 美分，买风筝需要 16 美元，还缺 25 美分。

事情也真巧，这个星期天，妈妈和邻居莫里太太约好要办“后院售货”。“后院售货”就是家庭主妇在自家门前或车库里摆摊卖旧货，把不用的东西换几个钱，也可以不交税，主妇们都很乐意干这种买卖。摆摊售货大多是邻居们一块儿行动，登广告，挂彩球，也有兼卖自家做的点心饮料的。买卖双方有说有笑，不为赚钱谋生，而是家庭妇女的一项社会活动。报上评论说，这是美国特有的一种文化现象。

有的主妇还专门为孩子开一个“专柜”，由小孩自己叫卖用过的杂物。

小乔治回到家里，妈妈正忙着去摆摊，她问小乔治：“你有什么‘货物’要卖吗？”

“好极了，妈妈，我正想做生意呢！”

妈妈察言观色，心中有点疑惑：儿子今天怎么迫不及待地想挣钱呢？

小乔治很快搬出了一张小桌子，摆到了家门口，靠着妈妈的摊位。那桌上放满了他的小汽车、恐龙、积木、皮球……

这时，那些摊位前渐渐热闹起来了，小乔治也拉开嗓子叫了起来：“25美分一件……”

妈妈又一次疑惑地看着小乔治，她知道，这些玩具里，有好几件都不止这个价，比如那个恐龙，当初是花5美元买的，现在还八成新呢！

但是，没有人在小乔治的摊位前停留，好像是没有人对他的货物感兴趣。他真希望这时能拥来一群小孩……

一位妇女走过，在小乔治的摊前停住了，忽然，她发现摊上一串项链在阳光下闪着耀眼的光，便走上前来，伸手拿起了这串项链，用手掂了掂，又细细地察看了一番，便对小乔治的妈妈说：“太太，这是金的，您开个价吧！”

小乔治的眼睛看着妈妈，那眼神似乎是在向妈妈祈求。

妈妈一笑，对那妇女说：“这项链是14K的。不过，我儿子是老板，他要25美分，就是这个价。”

妇女乐呵呵地掏出了钱，付给了小乔治。她捡了一个大便宜。

小乔治感激妈妈维护了他的经商信誉。他来不及向妈妈致谢，匆匆忙忙收了摊，撒开大步去找亚当·王，他要去买风筝啦！

爱的语言

南朝梁人江淹在《别赋》中说，“黯然销魂者，唯别而已矣”。长这么大，我经历的种种别离已无法计数，常年漂泊游离，对别离也习以为常。然而，在我的记忆深处，与母亲的别离却总是心坎上的一道烙印。

那一年我 17 岁，在镇上的一所普通中学读高中。那是一所教学条件极差的学校，升学率最好的时候也没超过 20%。母亲和父亲商量说：“让孩子去市里好一点的学校读书吧，这样的学校会耽误了孩子的前程。”而去市里的中学读书，却需要承担昂贵的学费，家里只有几亩薄田，贫穷得刚能果腹。我对母亲说：“娘，我不去市里读书，不去了。”两鬓斑白的母亲扬手掴了我一个耳光：“臭小子，难道你想和你爹娘一样，在土坷垃地里拼打一生吗?”

像很多农民一样，我的父母没有文化，不识字，但他们不想后人和他们一样，知识贫瘠，一辈子都待在闭塞的乡村里。有一年，母亲施错了农药，导致几亩棉花绝收，伤心得哭天抢地。从那时起，母亲就坚定了让我读书的决心。能识文断字，也不至于看不懂说明书而误喷农药，使满地庄稼绝收。倔犟的母亲，宁可吃最差的，穿最破的，也一直坚持供我读书。我不敢辜负母亲，成绩总是名列前茅。

母亲把家里的牛卖了，这预示着往后的农活就只能靠他们自身了。我最亲爱的父母，他们的爱让我潸然泪下。那头牛卖了 2000 块钱，母亲笑着对父亲说，这些钱够我两年的学费了。父亲坐在炕头，一口接一口地吸着旱烟，那呛人的烟味，就像家里艰难的生活滋味。

离家前的那一晚，母亲没有睡觉，她把我所有的衣服都洗得干干净净，挂在紧靠热炕的墙上烘干。家里仅有的 10 个鸡蛋，母亲也全煮熟了。她对我说：“鸡蛋有营养，你上学费脑子。”那一晚，母亲对我讲了很多出门在外应该注意的问题，而我，在不知不觉中睡着了。天还没亮，我就被母亲叫了起来。她说：“早点吃饭，别误了坐车。”那时唯一一趟去市里的车，每天天不亮就出发，必须早起才能赶上。

母亲很奢侈地为我包了包子，我一口气吃了好几个，心里酸酸的。就要离开家了，尽管十二分地舍不得，但为了母亲和自己的梦想，我必须走。

好男儿志当高远，母亲常常这样教育我。

那是个晴朗的天，月亮很明，星星很亮。母亲踏着夜色，送我到了车上。她拉着我的手，千叮咛万嘱咐："到了学校要好好学习，该吃就吃，千万别亏了自己。"车发动的一刹那，我的泪顺着脸颊淌了下来。

母亲跟在车后，不停地对我招手呼喊着。虽然汽车发动机的噪音使我听不清母亲在说什么，但是我感觉到了，那是最刻骨铭心的爱的语言。

世上有一种爱，是永恒。离开家的那一瞬间，我终于明白。

买不到的母爱

凯特是一个孤儿，直到21岁那年才被人收养，在这之前他一直过着流浪的生活。其实21岁的凯特已经参加了工作，完全能够自己养活自己，根本不需要他人收养。可凯特还是在律师的面前签下了那份被收养确认书。不为别的，只为得到那一大笔遗产。

收养凯特的人是一个60岁的老太太，她叫露西。因为凯特长得太像露西太太的儿子了，露西太太的儿子正是在21岁那年遭遇车祸去世的，一起遇难的还有露西太太的丈夫。露西太太从第一眼看到凯特起，便认准了凯特是自己的儿子，不管凯特走到哪里，她都会跟着凯特，一定要凯特跟她回家。最后，她还请来了律师，当着凯特的面写下了遗嘱：如果凯特愿意被露西太太收养，露西太太过世之后的所有财产都给凯特。露西太太的丈夫留给了露西太太数百万美元的遗产，而且律师还一个劲儿地暗示凯特，露西太太有病在身，眼看就活不了几天了，这样的好事上哪儿找去？

露西太太要求凯特住进她的别墅，但凯特拒绝了。凯特说自己工作忙，何况他已经不是小孩子了，他得有自己的私人空间，但他会按协议每个星期去看望露西太太一次。露西太太虽然有些遗憾，但还是点了点头，笑着说："是的，你现在已经不是小孩子了，何况你还要打拼自己的事业，那就按照你的意思办吧。"

于是，以后的每个星期天，凯特都会去看望露西太太。星期天一大早，露西太太便会起床忙碌，为凯特准备很多好吃的，直到凯特晚上走的时候，露西太太还要站在门口默默地送凯特一程。

凯特总觉得自己是一个能干大事的人，只是上天没有给他机会：没有显赫的家庭背景，没有足够的创业基金，让他无法实现自己的伟大理想。如果露西太太能够早点将她的财产交给他，凯特便能够开一家属于自己的公司，并且能够让公司不断发展壮大。但协议上规定的是等露西太太过世后，那些财产才属于凯特。现在提出来，他还是觉得不好意思，所以凯特唯一的希望就是露西太太快点儿去世。

可是，一转眼半年时间过去了，露西太太不但没有衰老的迹象，反而越活越年轻，每天都精神抖擞地去晨练，或者去后院摆弄花草，虽然其间她因为肾病发作进过几次医院，但都没什么大碍，很快就病好出院了。这让凯特很失落。

凯特的公司还是开起来了，不大，将他自己算进去才5个员工。凯特第一次跟露西太太谈起了自己的事业和理想。当谈到自己为了筹集办公司的资金向银行贷了款时，露西太太没有主动提出资助凯特的事业，而是转着弯将话题绕到了她养在后院的花草上。露西太太说，她的花草长势很好，一定要带凯特去看看。凯特去看了，那些花草确实长势喜人，只是凯特却高兴不起来。

又是半年过去了。凯特确实是个干大事的人，这从他的公司发展情况便可以看出来。由于对市场把握得准，凯特的公司很快便盈利了。凯特的员工也由原来的5人，变成了10人。这天一大早，凯特接到了露西太太的电话。露西太太让他去她那里一趟，口气颇为严肃。又不是星期天，她怎么会突然让自己过去呢？莫非她的身体不行了，有后事要交代？凯特喜出望外，如果这时候将她的全部资产接过来，投入到公司的发展中，那凯特的公司将有可能得到迅速扩展的机会。

等凯特赶到露西太太的家里时，凯特发现露西太太的身体并没有他想象的那样糟糕，在满屋温馨的红色烛光里，反而显得精神饱满。这是怎么回事呢，凯特以为自己看花了眼。露西太太笑吟吟地望着凯特，深情地说："祝你生日快乐。"然后是一首生日快乐歌响起，露西太太从柜子里端出来一个大蛋糕。对，今天是凯特22岁的生日。22年来，从来没有一个人给自己买过生日蛋糕，没有一个人对凯特说过祝他生日快乐的话。凯特的眼睛突然湿润了，凯特再也忍不住地抱紧了露西太太，喉咙哽咽地喊了一声："妈妈。"22年来，凯特突然感受到了来自家庭的关爱和美好。有家的感觉真好啊，为什么自己以前就没有觉察到呢？望着露西太太一脸幸福的泪水，凯特有点恨自己，感到自己真的是太自私了。

由于惦记着这个“家”，还有家里的“妈妈”，凯特几乎每天都要去看望露西太太。凯特竟然习惯了吃露西太太做的饭菜，习惯了让露西太太给自己洗衣服，还习惯了他每次出门时，露西太太站在门口静静的凝视。就在凯特几乎忘记了露西太太身后的财产有一天会属于自己时，他突然接到了医院的通知。

此时露西太太已经昏迷不醒，医生说如果在一个星期之内还找不到一个适合露西太太的肾，就只有给她准备后事了。凯特的第一反应就是要医生想尽一切办法来救“妈妈”，他不能让自己刚刚拥有的家就这样因为“妈妈”的离去而破碎。凯特求医生检查一下自己的肾是否合适，他愿意捐出自己的一个肾来换回露西太太的生命。真是无巧不成书，凯特的肾还真的与露西太太的吻合。露西太太得救了。

露西太太的律师却跪在凯特的面前不肯起来。律师说：“你真是一个好人啊，可是我却对不起你。”凯特在惊愕中听完了律师的叙述。原来律师是露西太太的弟弟，他为了给露西太太治病，已经花尽了她的财产，就连那栋别墅也抵押给了银行。也就是说，露西太太跟凯特签的那份协议是假的，露西太太的弟弟之所以要欺骗凯特，主要是因为露西太太认准了凯特是她的儿子，于是他便想让凯特以露西太太的儿子的身份，来帮助她治病，这样露西太太的病可能会好得快些……

最后，露西太太的弟弟说：“我的姐姐对这件事情一无所知。她现在是孤身一人，已无能力偿还她的治病欠款，我愿意承担她的所有债务。你想要多少赔偿金我都愿意给，我这辈子还不清还有我的儿子、孙子，只求你开口说句话……”

似乎在一夜之间长大的凯特，终于开口说话了，凯特的话令露西太太的弟弟失声痛哭：“老人家的欠款还是由我来偿还吧。至于那栋别墅，我愿意从公司里支付每月的按揭款，谁让我是她的儿子，她是我的妈妈呢？金钱，我还可以赚回来，可是母爱却是用金钱买不到的。”

露西太太跟凯特一起出的院，她一出院便迫不及待地要将那栋别墅的产权转到凯特的名下。凯特很开心地答应了，并同意马上搬进别墅跟露西太太朝夕相处。只有露西太太一个人不知道，那栋别墅其实还需要凯特用20年的时间来按揭。

原谅我曾经不懂你的爱

我和妈妈是相克的，我一直这么认为。因为我们太像了。我几乎遗传了妈妈的所有：她的长相，她丰富的情感，她的敏感，她年轻时的浪漫，以及她的好胜、死要面子，面对一切带按钮的东西时的无所适从，她的没有方向感和害怕过马路。

我上小学前曾经是孩子王，手下有二三十号孩子。我野性、霸气、极有号召力。每天，我领着学校家属区的一群小孩子上山爬树下河捉鱼，我安排着他们丰富多彩的童年生活。我6岁时，竟然说服了比我大三四岁的一批孩子在我的带领下，夜晚去爬一家军工企业几十米高的贮油罐。我们沿着窄窄的小铁梯往上爬，横七竖八地躺在弧形的油罐顶，望着月亮。我记得一个大孩子说了句让我费解的话："面对天空，我们是多么渺小啊。"回来的路上，我对这次杰作无比得意。进了家门，等待我的却是妈妈的皮带。她让我脱了裤子趴在床上，我还能记得皮带抽在肉上的质感和声音，我哭得死去活来。长大后妈妈跟我说，那次打完我，她一个人不停地哭，她不知道该拿调皮的我怎么办。因为担心下一次我又有什么杰作，我6岁时就被妈妈送进了学校，告别了人生最快乐的6年。这次的皮带非常有效，我突然变了个人，成了个乖顺的孩子，服从、听话。

我开始努力学习，一次一次地考第一，做妈妈眼中听话的孩子，让她满意。我初中时有一段时间厌倦语文，讨厌阅读理解，总答不对题目；讨厌三段式的议论文，因为我总是没有观点。那次全年级作文比赛，我竟然连入赛的资格都没有。那个下午，夕阳透过小窗照在我吃了一半的饭碗上，妈妈不许我吃饭，她坐在床上骂我，声泪俱下。做语文老师的她不能接受这样的结局。她摔筷子，打在碗上，几粒米跟着一跳一跳，让我心惊胆战。"从今天开始，"妈妈总结发言，"你必须每天写一篇日记给我看，我就不相信你的作文上不去！"当天晚上，我开始写我人生的第一篇日记《台灯》——"我念书的时候，你的眼睛就亮了，开心地看着我；我不看书不努力的时候，你就那样忧郁地黑在那里。"从此我坚持写日记，一直到现在，已经有几十大本，虽然再也不用妈妈审查。

我17岁以前的人生都是由妈妈安排的。她在家中说一不二，她决定一切、安排一切。服从者就是我和老实的爸爸。桀骜不驯的哥哥经常在妈妈的控制之外，妈妈用了很长的时间才接受了这个现实。

每天早上，妈妈总是起得最早。她外出走一圈，亲自感受一下当天的温度，回来后为我们准备好当天穿的衣服。初中时，我拒绝在冬天穿棉裤，因为这让我完全没有了线条。那个早上，妈妈大喊大叫地和我吵架，她以她的感受来揣度别人，她认为今天已经冷到要穿棉裤的程度。那场争吵非常恐怖，整个楼道都可以听得到当老师的妈妈高八度的声音，虽然我决定反抗到底，但毕竟功力不够，事件最终以我穿着臃肿的棉裤去上课收场。

除了决定实体，妈妈还要安排我的精神世界。她为我仔细筛选着报纸杂志，每年都会订很多。尽管工资不高，她还是为我大量购买书籍。

妈妈结婚晚，生我时已经31岁了。我最叛逆的青春期刚好和妈妈的更年期撞在一起。那时我很不听话，经常反抗妈妈的安排，我们冲突不断。妈妈大喊大叫，我叫得比她更凶。于是妈妈就流泪，搬出爸爸来训我。但爸爸经常对妈妈的无理取闹表示沉默。最后妈妈总是从柜中拿出一只绿色的包袱皮，边哭边收拾着东西，威胁说这个家有她没我，有我没她，她要回河南娘家去。可这个包袱皮总是包了拆拆了包，总也收拾不完。我和妈妈的冲突总是如此剧烈，我非常痛苦，我经常站在五楼的阳台设想着跳下去之后的种种景象，我想象着妈妈将围着我僵硬的身体泪流满面，设想中她的心碎让我得到了内心的满足。于是每次和妈妈争吵失败后我都会进行这样的想象，我设想跳过无数次楼，每次跳下去后妈妈的反应都是不一样的，她一次比一次痛苦。

我1989年报考了复旦大学，这也是妈妈决定的。因为那些日子她总听学校一个上海老师说复旦是多么一流，而她的女儿一定要上一流的大学。虽然我的分数完全够了，但没想到因为当年那特殊的事件，复旦在我们那个省突然一个也不招了，而我也没有机会第二次填报志愿，就这么稀里糊涂被打发到第二志愿——一所不出名的外语学院。中学六年，我的成绩如此之好，每个人都认为我会非北大复旦不去，包括妈妈也这么有信心。但命运就是这样残酷地打击了妈妈。我复旦梦的破灭被妈妈念唠了无数年，甚至到我工作这么多年后的今天她还念念不忘，我才明白了这件事情对妈妈打击的程度。

据说妈妈中学时的成绩相当好，她梦想上的大学就是我后来念书的学校。没想到因为我那年轻时据说生活花哨的姥爷在国民党军队里当过几年的军医，这个历史污点让成绩完全够了的妈妈因“出身不好”而白白断送了上大学的机会。有时，历史会惊人地相似。妈妈太好强、太要面子，我想过很多次，是不是因为这个事情对她的打击，造成了妈妈日后的性格：暴躁易怒，紧张焦虑，没有安全感，对未来和对周围的人没有信心。我不知道答案。

妈妈的人生就是这样了，于是她把我设想成另一个她，精心地打磨我、设计我，把她没有实现的理想安在我身上，我是她全部的事业。她对我的要求是上完大学继续读书一直读到博士。但她没想到我从大二就开始谈恋爱。仿佛是为了反抗她多年的安排，我在大学时有意过着她无法控制的生活，任性而自由。在妈妈的要求下，我考过研究生，但成绩差了一点点，从此结束了妈妈心中的博士梦。

我毕业后想离妈妈越远越好，到一个她终于控制不了我的地方。我一口气跑到了海南，后来又跑到了深圳。离妈妈远了，需要自己过日子的时候才发现从不让我做家务的妈妈多么温暖地呵护了我的人生，同时也让我除了读书以外什么也不会，不会做家务，不会和人相处。面对社会，我手足无措，像个弱智。

离妈妈远了，我们没有机会激烈地冲突了，我开始想到妈妈种种的好，我每周给妈妈打电话，长长地聊天。妈妈苍老了，她没有了以前的强势，面对经常不能发到位的退休工资，她总感到面对社会的无助。她总胡思乱想自己老年的生活，是到哥哥那里住还是到我这住，她反复同爸爸讨论这个问题，直到爸爸受不了。

去年过年我把爸爸妈妈接到深圳来住。我和妈妈一起坐电梯下楼，电梯里只有我们两个人。我几乎比妈妈高出一个头，我突然看到妈妈头顶几乎掉光的头发，她满脸的皱纹，她混浊的眼神。她很无助，在这个陌生的地方她的手脚都不知道往哪里放，很不自然。她像个孩子似的，我说什么她都点头附和我，她笑时甚至有些讨好我。我用陌生的眼光看着这个胖胖的老太太很久，很想放声大哭：就是眼前这个老太太决定了我曾经的人生，那时她无所不在，她控制着我，那样强大，不可战胜。而现在她老了，面对一个她越来越不懂的社会，她变得像个小孩子，希望得到我的呵护。过马路时她像只刚出生的小鸟，惊恐地缩着脖子，紧张地左看右看，身体僵硬，她总希望我拉着她的手。

妈妈老了，真的老了，随着岁月一同带去的，除了她的年龄，还有她当年的力量和强大。现在，她只是个需要我哄，需要我照顾的老太太，一个会把一句话说上无数遍的总希望得到别人注意的老太太。

我想搂着妈妈大哭一场，告诉她：原谅我，妈妈，那些年，我曾经恨过你。可现在，我只想照顾你，温柔地陪着你，我希望你在我这里舒服、安全、踏实，我希望你终于不再担心什么，终于停止焦虑。

“狠心”的母亲

9岁那年，他开始逃学。

一天中午，先生终于气愤难忍，把他逃学一事告诉了他的母亲。

下午，他背着书包蹦蹦跳跳地赶回家来。一切都和往常没什么区别，在他眼里母亲依然是一副和蔼慈祥的样子。“孩子，今天学堂里的功课你能听懂吗?”“能。”他随口答道，顿了顿，又眉飞色舞地补充道，“我们今天学了《论语》，那里面有好多的‘之’和‘乎’……”母亲没再说什么。他知道母亲从没上过学，是不会问出什么高深的问题来的。

晚上，他躺在床上很快就进入了梦乡。忽然一阵阵深深的抽泣声传入了他的耳鼓，紧跟着感觉手脚传来钻心的刺痛，他想蜷曲一下，竟然没能动，原来双腿被紧紧地捆住了。他睡意顿时全无，睁开眼，朦胧中，昏黄的灯光下，母亲双腿跪在父亲的灵位前，悲伤的抽泣声笼罩了整间小屋。母亲使劲擦了一下眼睛，向他走来。在那一瞬间，他看到了母亲的眼睛，那是一双布满血丝的眼睛，再也看不到一点仁爱，瞳孔像要眦裂了一般，简直就是一对木然、呆滞的黑洞，其间发出的幽邃的光芒，直刺得他浑身战栗。他的身体抖动了一下，嘴里不由得喊了声：“妈妈!”母亲没说一句话，猛地把他从床上往下拉。他想反抗，可他的手臂也被紧紧地捆住了，他的身体重重地摔在了地上，无尽的疼痛伴随着一阵眩晕顿时蔓延到了他的全身。“孩子，你以后就永远不用上学了。”母亲的声音很低，他听起来却字字像锐利的尖刀。他明白了，歇斯底里地哭喊着：“妈妈，妈妈，饶了我吧，我再也不逃学了。”面对他声泪俱下的求饶，母亲丝毫不理，抓住他的衣服就往外拖。他拼命地扭动着身体，但一切都无济于事。母亲拖着他到了外面，朝着离家不远的深水塘那处走去。他的身体被地上凸起的石砾划破了，鲜血直流。他大口地喘着气，开始张开喉咙声嘶力竭地大声求救。

邻居们都匆匆地跑出来，看到这副情景，赶紧把母亲推开，给他松了绑。他心有余悸地站在那里上气不接下气地啜泣着。这时，母亲忽然从别人手里挣脱，跑到他跟前，一把抱住他，号啕大哭起来："孩子，我没了你父亲，你两个弟弟和刚3岁的妹妹也没有了。我，我只剩下你了啊!"

母亲哭了，几年来，他这是第二次看到母亲哭。他呆了!

4岁那年，他的父亲被人冤枉，死在监狱里，他的两个弟弟也相继死去，紧接着，一个比他小1岁的妹妹也躺在床上永远地"睡着"了。当妹妹被人抬走的那天，他看到母亲坐在屋里，神情木然，目光呆滞，如一尊雕像，任凭两行泪水从她面颊上缓缓地滑落。看到母亲流泪，他拼命地摇晃着她的双腿："妈妈，妈妈……"母亲弯下腰来，一把把他搂在怀里，把脸紧紧地贴在他的头上："孩子，我——我只有你了……"他懂事地用那双小手为母亲擦去泪水，说："妈妈，我听你的话，不惹你生气!"母亲搂住他的手更紧了，嘴张了张，已是泣不成声……

现在，当母亲面对着这么多人的面，再次喊出了多年以前的那句话时，所有的往事一下涌上了心头。他再也控制不住自己，猛地抱住母亲的脖子，大声地哭道："妈，我错了，我再也不惹你生气了!"

这一次他把自己的话牢牢烙在了脑海里，"好好学习，再也不惹母亲生气了"。不久，他以优异的成绩考上了上海大同大学的附中，再后来到了法国留学。无论走到哪里，无论干什么，他丝毫没有放松对自己的要求。他有一种很奇怪的感觉，总感到母亲那双布满血丝的眼睛在背后盯着他，那句震颤心灵的话也始终在耳畔回荡着。有一次，他曾问起母亲，说当年如果没人来救，她会把他推到池塘里吗?母亲抚摸着他的头说："傻孩子，哪有那样狠心的母亲啊。妈除了你什么都没有了，你是我唯一的希望，可看到你不走正道我心里急，无法对你不残酷啊!你，你别怪妈心狠。"说完，母亲眼里闪过一丝不易察觉的痛苦和悲凉。

当爱深入到骨髓，当爱到极致，爱的方式也往往是特殊的。当岁月的针线渐渐缝补了他当初的伤口，他突然发现母亲的痛楚比他更为久远而悠长。看着母亲日益苍老的容颜，那一刻，他感到了一种热乎乎的东西溢满了眼眶。

终于，他成为我国伟大的翻译家。他有一个响亮的名字——傅雷。

茧是老死的肉

茧，是老死的肉。那一块又一块老死的肉，必然联系着一颗又一颗新生的心。茧，劳动和时光的脸皮，在岁月的风中冷着、木着。母亲手上的茧，即便是钢针抵达，也会弯曲，乃至折断。

母亲躺在病床上，护士手里捏着钢针，要在母亲的手指上刺血化验。第一针，扎在母亲的食指上，针弯曲了，但没有血；第二针，扎在母亲的中指上，针又弯曲了，还是看不见血；第三针，扎在母亲的拇指上，针断了，依然看不见血。

第四针、第五针，直到第十针，母亲的十个手指都扎过了，终究没有扎出血。母亲的血被那厚厚的茧盖住了。护士一脸困惑，自言自语："怪了，从没见过这么厚的，针都扎不进。"那弯曲的、折断的钢针丢在地上，发出微弱的，但却清脆的声音。

护士让我把母亲的袖子撸到胳膊处，用针在母亲的肘弯处抽到了血。我知道母亲的血，流在皮肉的最深处。

我握住母亲的手，母亲的手很粗糙，像沧桑的松树皮。母亲的指甲一点都不规整，有的凸起来，有的凹进去。指甲缝里全是黄泥，十个手指上全是硬茧，手掌上缠满了泥土染黄的线和胶布。

母亲是在地里劳作时突然倒下的，以致她的整个身上都沾满了黄泥。母亲像一棵被艰辛和劳苦的蛀虫掏空了的大树，望上去虽然伟岸，但却很难经受风雨的侵蚀了。

她的脸是沧桑的土地，密密麻麻的皱纹是沟壑和山岭。花白的头发，无法遮盖母亲酱红色的头顶。她的眼睛紧闭着，嘴唇紧闭着，只有鼻孔里还有微弱的呼吸。母亲的袖子撸着，裤管撸着，一双布鞋已有些破了，被泥土掩盖了它真实的颜色。

我把母亲的裤管和袖子捋下来，就有红色的泥土散落在雪白的病床上。我把母亲的布鞋脱下来，鞋里依然布满细若尘末的泥土，还有一些褐色油亮而光滑的小石子，这些，与母亲脚掌上的硬茧有关。

母亲患的是糖尿病并发症、心衰竭、肾衰竭，有时身子瘦得像干柴，有时肿得像水桶。母亲昏迷了3天，好不容易才醒过来。医生说，母亲患的糖尿病，至少有十五年的历史了。那时，母亲每天最少要喝十多斤冷水，常常用冷水泡饭，呼啦啦地一口气要吃3大碗，儿女们还误认为那是母亲身体好的表现。

其实，只要儿女们稍稍留心一下，就知道那是糖尿病的征兆。但在母亲的硬茧遮风挡雨下成长起来的儿女，有谁能够留心一下自己的母亲呢？

拉着母亲的手，摸着母亲手上的硬茧，在空茫的时光中，我就看到母亲在她的土地上，弓腰摘菜，荷锄劳动。阳光把母亲的青丝晒成白发。斜飘的风雨，浸透了母亲的全身。

我看见水稻、玉米、大豆、辣椒，所有的农作物全呼啦啦地疯长，在大地上蔓延。而母亲的脸，从红润到苍白，再到衰老，成为一块贫瘠的土地。她健壮的腰身，渐渐瘦了，小了，直至隐入土地，无影无形。看得见的，只是天空和满世界的植物。

当我再次在空茫的时光中看见母亲的时候，母亲佝偻着身子，独自扛着锄把，眯着老眼看通向山外的小路，期盼的目光愈拉愈长。

母亲举起锄头，让锃亮的铁器深深地扎入土地，那金黄色的锄把，发出咕咕的笑声，那是对母亲手掌上的老茧的致意。正是那坚硬的茧，才使得一根坚硬的木头，变得光滑细腻，富有柔情和生命的动力。

茧，坚硬的茧，光滑的茧，呵护着新生命远离疼痛而自己却失去了疼痛变得麻木的茧；只有镰刀、锄把、泥土、纳鞋底的钢针、山野的风、疯长的植物，才能够与你对视，才能够与你交流。那些匆忙一生、忘记回头、空留遗恨的我们，面对你，只能独自哭泣。

母爱如粥

有这样一位母亲，她儿子因车祸变成了植物人。她坚持每天给儿子讲一些他小时候的故事：7岁时光着屁股在小河里游泳，被虾刺伤了屁股；8岁时赤着脚丫蹿到树上吃桑葚，让毛毛虫咬得浑身疙瘩……林林总总。儿子都已经忘却了的事情，她总是记忆犹新，如数家珍。另外，她每天总是会利用一大部分时间来给儿子熬粥，通常要花费两个小时。她拣那种最长最大、颗粒饱满、质地晶莹、略带些翠青色的米粒，一颗一颗精心挑选。熬一罐粥，通常要花费两个半小时。她小心翼翼地把粥倒进一只花瓷碗里，一边摆着脑袋，一边对着粥吹气，吹到自己呼吸困难，粥就凉了。她微笑着用汤匙喂给儿子吃，可是儿子闭着眼睛，漠然地拒绝了她。她并不生气，微笑如昔。

第二天，继续拣米——熬粥——吹冷，并且微笑着接受儿子的拒绝。

日复一日，年复一年。她的手指已经变得粗糙而迟钝，她摇晃着的脑袋已经白发丛生，她的气力也大不如从前，往往是粥冷到一半时便已经上气不接下气，必须借助蒲扇来完成下一半的降温。可是她依然很小心地做好每个细节，精致而虔诚。可是这一切，儿子并没领情，依然以冷漠拒绝着她。她一直微笑着，始终没有落下一滴眼泪。

这种热情与冷漠的对峙，持续了八年零七十三天，在第八年零七十四天时，她正给儿子讲着他小时候的故事，儿子突然睁开眼睛，不太清晰地说了声："妈妈，我要喝粥。"她顿时泪如雨下——这是自从那次车祸，医生宣布他脑死亡之后，儿子开口说的第一句话。医生曾对她说过，像他这种情况，只有十万分之一的机会。

儿子那天喝到了久违了的母亲熬的粥。粥并不像他以前喝到的那么美味，由于火候没有控制好，粥有微微的糊味，而且还有咸咸的眼泪味道。可想而知，母亲是多么不平静。

故事到这里并没有结束。3 个月之后，就在儿子完全可以生活自理之时，母亲突然撒手人寰。临走时，她握着儿子的手，笑容安详而从容。儿子清理遗物的时候，发现了一本母亲的病历，其实早在 7 年多以前，在儿子昏睡一年之后，不幸又一次降临了这个家庭——母亲被确诊为肝癌晚期。

是什么信念可以支撑一位肝癌晚期的女人与病魔对抗了 7 年？医生说这是个奇迹。儿子却知道，创造这些奇迹的正是——那可怜而尊贵、平凡却伟大的母爱！

"第三只手"

初一那年，他染上了一个恶习：偷窃。当同学将这件事情报告老师后，他的行为开始变本加厉了。无奈之下，老师在家长会上公开了这样的事实。所有的家长都将目光投向了坐在最后排的他和他母亲。

晚上回到家中，母亲二话不说，拿起皮鞭，让他跪下。他的确跪下了，可他为自己辩解："老师只是一面之词，我根本没偷！"母亲一皮鞭狠狠甩下去，歇斯底里地吼道："不许狡辩，给我老老实实跪到天亮！"

深夜，母亲坐在一边的椅子上陪着他继续跪。一个小时过去，两个小时过去，三个小时过去……直到六个小时过去了，他终于忍不住挪了挪双腿，乞求母亲："妈，我疼。"母亲盯着他的腿，裤子磨破了洞，膝盖磨破了皮，地上沾满了星星点点的血迹。他用两手垫在了膝盖下，又一次乞求两眼发直的母亲："妈，你真让我跪到天亮吗？我是你的独生儿子啊，你已经失去了爸爸，你舍不得再失去自己的亲生骨肉，你一定心疼我的，对不对？"话音刚落，两眼发直的母亲，突然站起身来，一把拉开他垫在腿下的双手，厉声吼道："跪！坚决给我跪到天亮！看你以后还敢不敢去偷！""我没偷！"他大声喊，"我只不过借别人东西用了一下而已，只是把用和说的顺序颠倒了而已。我是你的儿子，你为什么这么狠心让自己的儿子跪到天亮呢？你到底是不是我的亲生妈妈？"说完，他一个起身冲进了房间。他的母亲追过去，而他，却"啪"的一声反锁了房门。

母亲哭了，跪在他的房门外哭了起来。12 年来，母亲在父亲去世的时刻哭过一次。那是 6 年前，他的父亲因为偷盗抢劫而被判处死刑。在送行的那一天，母亲牵着他稚嫩的小手，追着警车一边跑一边喊父亲的名字。他深刻地记得，父亲临死之前的最后一句话，是对母亲说的："教育好儿子，教他走正道，拜托你了！"那一刻，母亲哭得昏天黑地，嘶声欲绝。

而这一回，他又听到了母亲同样绝望的哭声，内心如针扎。可一想到膝盖上的伤痕，他又将被子严严实实蒙住了自己的耳朵。而他并不知道，房门外的母亲，此时在经受着怎样的痛苦与折磨。

母亲失望极了。她缓缓站起身来，仔细端详了一番他的房门，仿佛端详自己的儿子一般。然后，她缓缓走进厨房，拿出一把菜刀，闭着眼睛，狠狠对着自己的右手砍了下去。只听见"啊"的一声，母亲右手的食指被完完全全砍了下来，掉在了地上，滚到了他的房门前。等他拉开房门赶出来的时候，母亲已经昏迷在地上。

从那以后，他后悔不已。他悔恨自己不该做可恶的"第三只手"，悔恨自己不该和母亲狡辩，悔恨自己没给母亲争光，悔恨自己为什么那天不跪到天亮……十指连心啊，母亲被砍掉的那一根食指，其实是一刀砍在自己的心尖啊。"第三只手"的痛苦，只有做母亲的人才会不求回报地为自己扛。母亲不忍看见自己的儿子断掉手指，因此，她剁掉了自己的手指，让儿子吸取血的教训。想着想着，他开始痛哭流涕，他发誓要让母亲从此骄傲地活在这个世界上。

于是，他抛开一切杂念，发奋苦读。5年前，他顺利从武汉大学新闻系毕业，如今在美国读博的他，经常给我发来邮件，当我问及他毕业后是否回国时，他的字里行间满是对母亲的思念和恩情：“回，肯定会回！你知道吗？是我的母亲彻底改变了我的一生，我一定要回来好好孝敬她！”

爱的谎言

孩提时，儿子张着小手对母亲说：“妈妈，我腿疼。”母亲急忙抱过儿子，问：“乖，哪儿疼？”儿子在母亲的怀抱里，蹬了蹬小腿说：“噢，不疼了。”但刚把他放下，他就嚷：“又疼了。”母亲明白了：儿子原来是想让她抱。年轻的母亲抱着儿子，亲着他的小鼻头说：“坏宝，还骗妈妈呢。”儿子在母亲的怀抱里，一脸得意地笑。这是孩子对母亲撒的第一个谎。

少年时，儿子对母亲说：“妈妈，老师又要资料费了。”母亲把压在枕头下的一沓钱拿出来，放到儿子手里。儿子接过钱，飞快地跑了。在烟雾缭绕中他看见了母亲的脸。母亲没有打他，也没有骂他，只是低声说：“孩子，看看你手里的那沓钱。”他摊开手，看着母亲给他的钱。那些钱有新的有旧的，都被母亲叠得整整齐齐，面额最大的也不超过两元，都是母亲起早贪黑卖小吃甚至捡破烂挣来的。看着那沓钱，悔恨的泪水自他眼中潸然而下。他要钱，根本不是交资料费，而是为了抽烟。这是他对母亲撒的第二个谎。

青年时，儿子在信中说：“妈妈，这个假期我不回家了，我在这儿找到了一份家教，我想在这儿打工。”开学了，黑瘦的儿子站在学校的公用电话旁对母亲说：“工作挺轻松的，每天只需上3个小时的课，能挣50块钱。这一个假期，我挣了一千多块钱，这学期您就不用再给我寄生活费了。”电话那端，早有泪水顺着母亲满是皱纹的脸颊流下来。母亲已从儿子的同学那里打听到：儿子整个假期都在一家建筑工地做小工，每天要干十多个小时。这是儿子对母亲撒的第三个谎。

中年时，儿子早已成了家，母亲也老了。母亲病倒了。病床前，儿子说：“妈，您的病一定能治好的，您就安心治疗吧。”其实母亲患的是癌症，晚期，医生说至多能活三个月。这是儿子对母亲撒的第四个谎。

母亲却说，自己不习惯医院的环境，如果再让她待在那里，她宁愿去死。无奈，儿子只好把母亲接回家，保守治疗。在家里，母亲天天都是一副很快乐、很满足的样子。儿子也悄悄地松了口气，能让母亲按照自己的意愿度过最后的时光，这样也很不错。母亲去世三年后的一天，儿子见到为母亲治病的医生，讲起了母亲。儿子说："还好，我的母亲自始至终都不知道她患的是癌症，在她最后的时间里，还算快乐。"医生对他的母亲印象很深。他说："我对你的母亲真的很钦佩，她在被确诊的时候就坚持让我告诉她病情，然后坚持不住院治疗。在家里疗养期间也不让我用最好最贵的药。她说你的公司因为缺乏资金都快倒闭了，她不想让你为了她的病，再背一大堆外债。她的快乐，也是为了让你相信，她在家疗养同样很好。你的母亲，真的很爱你。"听完医生的话，儿子泪流满面，原来母亲早已知道自己的病情，她是替儿子着想，才谎称自己不习惯医院的环境，坚决不要住院治疗。

其实，撒谎，儿子永远比不过母亲啊！因为，母亲是宁愿牺牲自己来换取孩子幸福的。世上没有人比母亲更爱孩子。

幸福的糖醋水

帕里斯是一名出色的大银行家，在他 65 岁生日的时候，亲戚朋友们从四面八方赶过来为他祝贺，就连报刊和电台的记者也对他这次生日闻风而动。因为，即使帕里斯平时一个小小的举动，都有可能给金融市场带来一次震动。

生日宴会上，当帕里斯吹灭生日蜡烛，在金碧辉煌的大厅里与众多亲友举杯共庆的时候，一名记者微笑着向帕里斯提问。他说："帕里斯先生，你觉得一生最幸福的时刻是什么时候，是不是现在这一刻?"帕里斯送到嘴边的酒杯停住了，他立刻说："不，不是这样的时刻。这样的幸福我觉得很平常，我最幸福的时刻是在我 13 岁过圣诞节的那一刻，我这一辈子都不会忘记。"

所有的人都愣住了，帕里斯说：

我小的时候，对汽水非常向往，觉得那是一种很神奇的东西，因为我看到有钱人家的小孩喝了那东西后，会站到大街上一个接一个地呕气，那长长的呕气，让我羡慕得要死。我经常想，什么时候，我也能喝上那种神奇的饮料，能站在大街上对着来来往往的行人怄气，那该是多么幸福的事情呀。

可是，我家里太穷了，穷得常常连饭都吃不上，哪还有钱买汽水呢？母亲知道我对汽水的渴望，对我许诺说，到圣诞节的时候，就给我买一瓶那种神奇的会呕气的饮料。

于是，我天天盼望着圣诞节的到来。母亲每天都忙忙碌碌的，公司一有加班的机会，她就抓住不放。

终于，圣诞的钟声敲响了。那天，在我家的饭桌上，饭菜并不比往常丰富，但是，我看到餐桌上多了一瓶汽水。我知道，那是母亲给我的圣诞礼物。

母亲微笑地看着我，她小心地拧开瓶盖，把汽水递给了我，我幸福地喝了一口，仔细地品味着舍不得咽下——原来，这种东西是一种酸酸甜甜的感觉呀。我伸脖子，等待着呕出一口长长的气来，可等了好久，根本就呕不出气来。

母亲在一旁紧张地看着我，说："你喝得太少了，多喝一点再试试。"可是，那一瓶东西就那么多，我喝完了，母亲不是连尝尝的机会都没有了吗？我对母亲说："你也喝一口吧。"母亲说："我喝过了，真的。"我不相信地看着母亲，然而，她一口也不肯喝。

为了能幸福地呕出那长长的气来，我每喝几口，都要等待一会儿，可是，直到我把那瓶酸酸甜甜的东西喝了个底朝天，我也没能呕出那幸福的气来。我疑惑地看着母亲，母亲也慌了，她说："怎么会这样呢，经理说那东西就是这个味道的。"我看看那瓶子上的字，不错，就是我见过的那种能呕气的饮料瓶子呀。就在这个时候，母亲突然抱着我哭了起来，她说："儿子，妈妈骗了你，那里面的东西，是妈妈自己制作的呀。"

原来，老板承诺圣诞节会发给妈妈加班的薪水。可圣诞节到来的时候，老板对母亲说，公司亏本，他根本没有钱再给妈妈发薪水了，也许，过了圣诞节，他的公司就会倒闭了。听了老板的话，无可奈何的母亲充满了惆怅。她突然问老板，汽水是什么味道。老板奇怪地看着母亲，耸耸肩说："你问这个干什么？那是一种酸酸甜甜的东西，就像是糖和醋同时放到水里混合在一起的味道。"母亲指着老板桌子上的空汽水瓶说："这个，可以给我吗？”

那天晚上，母亲用这个空汽水瓶子装上糖、醋和水。她尝了一小口，那种酸酸甜甜的味道很好喝。她想，也许，那种会呕气的饮料，就是用这些东西做成的吧。

听完母亲的话，我的眼里闪出泪花。我使劲地伸长脖子，咽下一口又一口气，然后，真的呕出了一口长长的气来。我装做惊喜地对母亲说：“妈妈，那些东西在我胃里面沉淀后，终于呕出气来了。你给我制作的这种酸酸甜甜的饮料，也会呕气呀。”

母亲的脸上挂着泪水，她说：“是真的吗？帕里斯？”我说：“是的，妈妈。”母亲说：“儿子，我知道，你想呕气就能呕出来的呀。”母亲紧紧地把我搂在了怀里。

所以，我现在最喜欢喝的饮料，就是自己调配的糖醋水，里面充满着浓浓的亲情。

帕里斯的故事讲完了，金碧辉煌的大厅里静得能听见一根针掉下地的声音，许多人的眼里也和帕里斯一样噙着泪花。帕里斯端着酒杯对那名记者说：“年轻人，我以我65年的人生经验告诉你，生命的幸福不在于环境、地位、财富和他所能享受到的物质。贫困的岁月里，人也能感受到幸福，也许，那种幸福还会让你的记忆更深刻。就像我喝的那瓶糖醋水，那里面的幸福和亲情虽然普通，却是人世间最真实的味道。”

神秘的耳朵

一天清晨，一个婴儿在美国纽约市一家医院里呱呱坠地了。

“我可以看看我的孩子吗？”孩子的母亲幸福地向医生请求道。随即医生把裹着婴儿的小被包递进了她的怀里，移开被布，看见了婴儿的小脸，她不禁倒抽了一口冷气。医生不忍心再看，迅速转过脸去。原来这个婴儿生来便没有耳朵。

他的父亲给他取名叫杰米。一段时间过后，杰米的父母很庆幸地发现孩子的听力没有什么障碍，跟正常人一样，缺少耳朵，只是损坏了他的相貌。但是天真的杰米并没有意识到自己与别的孩子有什么不同，在父母的关爱下，他度过了快乐无忧的童年。

光阴流逝，当杰米 7 岁的时候，他走进了校门。有一天，杰米突然从学校里跑回家来，一头扎进妈妈的怀里，大声哭了起来，哽咽着向妈妈说出了在学校里的遭遇："一个男孩，一个大孩子……管我叫畸形人！"听了孩子的倾诉，妈妈叹息着搂紧了杰米，她知道这孩子今后的人生将会遭遇连续不断的打击。

杰米渐渐地长大了，因为没有耳朵，越发显得与众不同。同学们都很喜欢他，要不是因为相貌缺陷，他也许会当上班长呢。并且，在文学和音乐方面，他也表现出了非凡的天赋。

"为什么我没有耳朵呢？"杰米经常问妈妈。

"不然的话，你会和别的孩子分不清呀！"妈妈安慰着儿子，心里却充满痛楚的怜爱。

终于有一天，杰米明白了自己实际上是残疾人，因为没有耳朵，他感到自卑，再也不愿去学校了，性格也变得越来越孤僻，甚至不敢走出家门。父母为此感到十分苦恼。杰米的爸爸去请教一位熟识的医生："难道孩子的缺陷真的一点补救的办法都没有吗？"

"如果能得到一双耳朵的话，我相信我可以给他做移植手术。"医生非常肯定地告诉他。可是到哪里去找一双耳朵呢？有谁肯为一个孩子作出如此巨大的牺牲呢？而且做这个手术也需要一大笔费用。

两年过去了。有一天，爸爸对杰米说："孩子，你要去医院做个手术。妈妈和我已经找到了为你捐献耳朵的人，不过捐献人的身份是保密的。"

移植手术非常成功，杰米终于有了一双耳朵。他高兴极了，简直像换了一个人一样。他又重新回到了学校，他的各项潜能不断地开花结果，迅速成长，成功接踵而至。大学毕业后，他结婚了，并且如愿以偿当上了外交官。

工作在富丽堂皇的政府大楼里，出入觥筹交错的外交场合，回到家里有娇美贤淑的妻子相伴，杰米幸福之际常举手抚摸着耳朵，他真想当面好好感谢那位神秘的捐献人，正是这双耳朵重新给了他生活的勇气和信心，他才能够取得今天的成就。

"我必须得知道，"他急切地催问着爸爸，"是谁给了我如此慷慨的捐助？"

"孩子，根据约定你不可以知道……至少现在还不行。"

无数的岁月静静地流过，深埋着他们的秘密。虽然他也私下里进行了长时间的调查，但始终没能找到这位神秘的捐献人。然而，揭示谜底的那一天终于到来了。那可能是杰米一生中经历的最黑暗的一天。他和爸爸一起站在妈妈的棺材跟前。慢慢地，轻轻地，爸爸向前伸出一只手，撩开妈妈那浓密、灰白的头发……他惊讶地发现安卧在那里的妈妈居然没有耳朵，他一下子什么都明白了。

“我终于知道妈妈为什么说她很高兴自己永远都不用剪头发。”早已泪流满面的杰米对爸爸低语道，“没有人觉得妈妈不如从前美丽，是吗？”

卖　报

早晨的公车站人来人往，我一如往常地找了个离站台稍远的角落等车。

我之所以喜欢站在一个不起眼的角落，是因为我要乘坐的车往往来得很晚，而我又不愿意在等车的过程中，被那些匆忙上下车的人群挤来撞去的。当然，这并不是我做出如此选择的唯一原因，其实我乐意在繁杂的早晨，站在一个相对安静的角落里等车的真正目的是为了方便阅人。

是的，你没有听错，也没有看错，是阅人！是阅览那些在车站附近行色匆忙的人，上车下车的人，吃早餐卖早餐的人，卖报看报的人，按现在的时髦说法是看“神仙过路”，看路人甲、路人乙。

我也不知道是从什么时候开始有如此爱好的。不过当我站在某一个角落，冷眼“偷窥”着这些过路的“神仙”，心里面确实有一种很爽的感觉。因为在这种位置互换的心理状态下，我显然是一个审视者，而其他人都是被审视者。

车站的人，每天都是那么来来去去，我也总是在自己所等的车还没来之前，尽情地站在某个角落痛快地阅读着这些“神仙”，有时我还不自觉地把一些早已看熟和固定的“角色”配以足以描绘其职业的别称。比如说：糯米饭、油炸粑、老油条、高脚鸡等等。虽然每天的角色来来去去的有很多，但总显得是那么的平淡与无趣，因为这些人总是在不停地重复着自己，缺乏戏剧性和冲突感。

直到有一天，我发现车站又多了两个卖报的人，准确地说是一个妇女和一个小男孩时，那种久别的观望快感又从内心深处探出头来。

对于新角色的上场我是绝对不会错过的，因而我比平时提早了一个小时来到车站，为的是对两位车站新“人物”观察和审视。

可能还是应了那句“同行是冤家”的话吧！自从我发现这两个卖报人以来，好像还从没见他们说过话、搭过腔。就连他们卖报的地界，也划分得异常分明。虽然两人的性别不同、年龄不同、卖报的价格也有所不同，但他们两人所卖的报却是相同的。

这种报纸相同而价格不同的情况被我无意中发现后，我就加大了对这两人的观察时间和范围。因为我想知道妇女和小男孩是如何在这小小的车站展开市场竞争的。

不过等我观察几天之后，我觉得他们的竞争带有一点不可思议性和趣味性。

两个人卖的报都是《都市报》、《商报》和《晚报》，但是妇女在她身上挂了一个皱巴巴的小纸牌，上面歪歪扭扭地写着“下岗卖报，一块钱三份”。而且妇女还不停地在嘴中重复着纸牌上所写的内容，在她所属的这个卖报地界积极地游走。

小男孩的身旁也放了一个报价表，不过是一张过了塑的平平整整的电脑打印稿，上面也写着几个字：“失学儿童卖报，5 角钱一份。”小男孩从没张嘴吆喝过，也没有拿着报到处游走，他只是安静地把报纸摆在路边，自己则把头埋在蹲下的两腿之间，只有在有人把五角钱轻轻地放在他手中的时候，他才会扬起一张微红的小脸看看买报的人，看看买报的钱，再看看卖出的报纸，然后才又重新埋下头去。

就这样两个不同的卖报人，却让我看到了市场竞争的逆反现象，一般来说，相同的商品，价钱低者宣传得好的，买的人就多。但是我却看到虽然妇女的报纸价钱低，而且不停地在人群中奔走，但买她报纸的人却很少。相反，那个从不吆喝、价格偏贵的小男孩的报纸总是卖得很快。

今天卖报的情况还是这样，不过面对这种生意的落差现象，那个卖报的妇女好像有点沉不住气了，她只要看见有人要走向小男孩的卖报摊前，就先几个快步拦住买报人的去路，大声地喊道：“买我的报纸吧，一块钱三份，一块钱三份。”偶尔也会有几个人停下脚买她的报纸，这时她的脸色就会兴奋起来。但绝大多数人，总是在用一种不屑和鄙视的目光扫射她后，再用果断的手臂把她推开，朝着小男孩的报摊走过去。

妇女看着到小男孩那边买报的人越来越多，好像更急了。她不顾别人的推拉，用力地挤到那些买报人的面前，大声喊道：“买我的报纸吧，我的报纸便宜，一块钱三份。”

看见她这副急着把报纸脱手的模样，我不觉心中生出些许不快。这时有些在旁边买报等车的人看不下去了，纷纷用不快的语气说道：“不就卖几份报纸吗？有这个必要和一个小孩子你争我夺的吗？我们这段时间早就看出你不是有良心的女人了，自己把报纸的价格压得那么低，想欺负人家小孩不是？我们就偏不买你的便宜报纸，你不是下岗职工吗？像你这种狠心的女人就应该受这下岗的苦，活该挨饿。”

女人本来有些红润的脸，在人群的指责声中慢慢地变得苍白了，泪珠在眼中不停地打着转，但是没有落下来。就在她哽咽着向周围的人鞠躬致歉的时候，小男孩哭着推开指责的人群，嘴边喊道：“不准骂我妈妈，我妈妈是好人，我是个坏孩子，我是个坏孩子……呜……呜……”

围观的人被这突如其来的场面震惊了，我也暗自吸了口气，原来他们是母子俩呀，那怎么会出现我们所看到的那些现象呢？

后来我挤到人群中，听母子俩的哭诉才渐渐明了。

原来女人的丈夫在一次勇斗歹徒中意外身亡。母子俩为了不给死去的丈夫脸上抹黑，就没对组织上要求什么，仅靠女人在工厂里上夜班的微薄工资生活。

女人只有一个愿望，把孩子培养成人。

孩子的成绩一向都很好，自从父亲死后，孩子比平常上学的时间去得早了，母亲看着拼命读书的懂事孩子，心中觉得很安慰。

直到有一天她接到学校请家长的通知，才知道自己的儿子最近学习一落千丈，而且还经常迟到、早退，甚至还有逃学旷课的现象。母亲得知这一消息时，眼前一黑，昏了过去。

孩子那天回家很晚，因为他从同学那得到母亲昏死在学校的事情后，就一直在街边游荡。他怕看见母亲，怕看见母亲那双绝望和无助的双眼。不过他还是硬着头皮回家了，因为他知道母亲此时正躺在家里伤心落泪。

其实自从父亲故去，孩子幼小的心灵也受到了极大的伤害。孩子望着每天起早贪黑的母亲，想着母亲舍不得吃舍不得穿，把辛苦挣来的钱全用到自己的身上。他想母亲这么苦，而自己身为家中唯一的男人，应该为母亲分担点负担，就用自己平常省下来的早点钱，偷偷地跑到报纸发行处找了一份卖报的工作。有时报纸卖不完，孩子就不得不多卖一段时间，从而影响了功课。

孩子回到家时，并没有如他所想的那样遭到母亲的责骂，因为母亲也从学校那得知他近来卖报的事情。母子俩在真相大白的时候，抱头痛哭了一场。

第二天，母子俩就卖报纸一事达成了协议，他们早上共同卖报并拿一个星期做实验，如果儿子的报纸卖得没有母亲的多，儿子就好好地返回课堂去上课，卖报的事就让母亲接手。如果母亲的报纸没有儿子的卖得多，那么儿子仍旧每天坚持卖报，母亲不得干涉。并且他们约法三章，在这个星期内他们就是竞争对手了，互相不得说话，而且不能穿越各自的卖报范围。

开始的两天母亲由于"业务"不熟，卖得没有儿子的多，母亲心想那些打着"下岗馒头"、"下岗擦鞋"招牌的生意那么火，于是从第三天开始她就写了一张下岗卖报的纸牌挂在身上，果然当天就比儿子的销量高了，没想到第三天儿子运用高科技手段印了一张失学少年卖报的过塑招牌就把自己的生意又抢了过去。

母亲一看这样不行，如果这样卖下去，自己的销量不如儿子，那儿子就不能回到课堂上安心读书了。第四天她就在自己的招牌上加上"一块钱三份"的字样，让报纸比发行价还低一角钱。她想这样儿子就竞争不过她了。没想到儿子看清了母亲的举动，内心既感动又不安，他心想如果母亲的每份报纸都亏一毛的话，不但挣不了钱，还得往外赔钱。所以他就在自己的牌子上加了"五毛钱一份"的字样，他想，提高两毛钱不仅能补回母亲亏的一毛，还能挣一毛。但是他知道这样的价格可能买者不会多，甚至还会落下卖报不诚实的骂名，所以自从他改价后，脸就不好意思地朝着脚下。但他没想到的是，自己的生意反而比过去还好。

母亲看见儿子的生意更好，一个星期的时间就快要到了，心一急就忘了约定，只要看见有人去买儿子的报纸，就快步走过去拦住，没想到适得其反，不仅没能抢走儿子的生意，还招来了路人的喝骂。

听完了母子的哭诉，路人们才明白了近日来的种种怪异现象，我也不禁轻呼了一口气。想不到阅人无数的我，竟也有看走眼的时候。

就在我沉浸在母子卖报一事的遐想中时，腰间的手机响了起来。打开电话一接，只听得母亲焦急地问道："今天是休息天，你怎么不多睡一下，一大早跑哪去了……"

望着远去的母子，我的眼模糊了。

“温暖牌”毛衣

关于小时候的记忆，已没有多少能留下，而至今记忆犹新的，便是母亲给我织的毛衣了。

那时候，对于小孩儿来说，没有什么比穿新衣服更让人兴奋的了。买的衣服很少，大部分人的衣服都是自家大人用布缝制的，而母亲却总是用比布更贵的毛线帮我织毛衣。同村的小孩中，我穿新毛衣的速度是其他小孩穿新衣服的好几倍。每年夏末秋初，母亲就会买来毛线，将它们绕成一团团的球，然后抽着空，在白天或晚上给我织毛衣。而我则会兴奋地坐在她身边，盯着她的手和手上的两根织针飞快地交叉，挑线。每交叉一次，就预示着我的新衣服又近了一点。

新毛衣终于打好了，但是远远没到穿毛衣的时候，我便在心里暗暗着急，冬天怎么还不来呢？好不容易盼到了转北风，气温一降千里，便立马将新毛衣穿在了身上，高高兴兴地去找伙伴们玩。他们便总会带着羡慕的眼光，跟在我的屁股后面一蹦一跳，听着我的号令（那时候伙伴们在一起玩，谁有了新玩具或穿上了新衣服，他便是绝对的男主角了，所有人都会唯他马首是瞻，听任他的差遣）。我俨然成了指挥千军万马的司令了。

曾有人问我妈妈好不好，我说好，又问哪里好，我想也没想就说她会给我织很多毛衣。在幼时的思想里，妈妈的好，便是她给我织的毛衣，而之所以只记住母亲能给我织很多的毛衣的好，是因为有了新毛衣的直接结果便是很多的伙伴们聚在身后，听从我的指挥，满足我幼小心灵里想让别人都听我指挥的虚荣心。

后来长大一点了，已没有伙伴会因为你身上的一件新衣服而团团围住你转了，但每一次穿上新毛衣，仍然能从他们的眼神中读出羡慕甚至妒忌，对我的新衣服抑或那个好母亲的妒忌，所以我的脚步间仍是充满着自豪与轻快的。

及至上初中时，同班的同学已经再没有穿那种织的毛衣了，取而代之的是街上卖的各种各样的时髦毛衫了，款式新潮，惹人注目，只有我，仍穿着母亲织的朴素的毛衣，像一只不起眼的丑小鸭。这时，轮到我去羡慕别人的新衣服和他们的父母了，能够给他们买那么多漂亮的衣服。我甚至从他们的脚步里看到了我曾经也拥有过的感觉：轻盈、自豪。

后来回到家里，就跟母亲赌气，将身上她织的毛衣脱下来扔到一边，任母亲怎么劝就是不肯再穿上。母亲没法，只得去买了件漂亮的毛衫给我。而那被我扔在一旁的毛衣，仍被母亲握在手里，时不时地劝我穿上，说打的比买的暖和等等，企图用这种持久战软化我，让我乖乖就犯。而我却是母亲越要我穿，我就越不穿。

看着我越长越高，以前的毛衣已不能再穿了，母亲叹息着，将它们一件一件全都拆掉，绕成一团团毛线球。我暗自得意：你终于知道我不穿织的毛衣的决心了吧！然而还没得意几天，母亲又逼着我量了量身，拿出毛线球抽着空给我打起了毛衣，而我已远没有了幼时看母亲打毛衣时的兴奋了，相反的，还有了一点烦。

毛衣打好了，但这次母亲并没有要说服我穿上它的意思，只是将它放在我的衣柜里，默默无闻地混在一大堆衣物里，让它表现着自己特别的朴素与厚实。每次一打开衣柜就能看到它，我却没有一次拿出来穿过，虽然我知道它绝对适合我的身材，也绝对够温暖，但在流行的毛衫面前，我已经迷失了最初穿上母亲织的毛衣的那份温情。

随着我的身体的不断成长，母亲也开始将那些我未穿过的旧毛衣拆一遍又打一遍，依然只是默默地将它放在我的衣柜里，让我一次次看见它们，又一次次将它们塞到最角落。而母亲的所有动机，只为能碰上我偶然的心血来潮将它们穿上身。

到现在，我外出打工已有几年了。母亲为我织的毛衣似乎成了历史，只是在偶尔的记忆中闪动，给记忆中童年的岁月抹上一层透着暖暖母爱的温馨色彩。每年临近冬天，母亲总会打电话来询问这边的天气情况，叮嘱着多加点衣服，末了总要问一句："要不要帮你打件毛衣寄过来？打的总比买的要暖和。"而我总是拒绝，说南方的冬天是很暖和的，连毛衫都用不上，更不要说毛衣了。电话那头母亲没有作声，然后便默默地挂断了。

眼看今年就快要过完了，我特地请了个长假想早点回家陪陪父母。我估计了一下家乡的天气，准备了几件厚外衣就登上了回家的列车。

南方的天气一直是温暖如春，刚上车时都觉得有了点热意，随着列车北移，气温越降越低，及至下车正是凌晨三点，前后之差犹如从火炉边跳进了冰窟。天空忽忽地飘着雪，我已穿上了最厚的外套，仍能感觉出阵阵寒意从底下往上钻，嘴唇冻得酱紫，手脚都有点不听使唤了。一回到家里，尚未来得及向父母招呼一声，我就扑到火炉上去烤火，方才感觉到一点暖意。

“来，把这个穿上吧!”母亲不知从哪里拿了件织的毛衣递给我，我也不管三七二十一将它穿在了身上，竟刚好合身，这才感到一股踏踏实实的温暖像冬日里的一枚太阳，紧紧包围了全身。然后，母亲又拿出好几件五颜六色的新毛衣交给我说：“这都是给你打的，看一下合不合身。本来想寄给你的，又怕你不肯要，现在你回来刚好可以穿了。”我这才明白，身上的毛衣原来是母亲专为我编织的。我默默地接过毛衣，用手轻轻抚摸着，丝丝暖意从手心传来。

看着这些由母亲一针一线织起来的毛衣，原以为它只是我记忆中的一个片断了，却想不到仍时时刻刻就在我身边，不管我曾远离天涯，还是近在咫尺，中间所隔的距离从没有超出过母亲的视线。

此刻，我似乎真真切切地又体验到了儿时穿着母亲织的毛衣才有的温暖，如一口温泉般，丝丝缕缕地将我的每一个细胞都浸在其中。蓦然回首，发现母亲的视线一直没有离开过我的脸，眼里的关爱如流水般源源而出，全洒在我的身上。我才发觉包围在自己身边的其实就是母亲的爱，是那所有情感全都寄托在一根长长的毛线而后又将其千绕百绕成一件毛衣只为温暖儿女一身的爱子之情，是那并不要求你去回报却随时随地都存在的母爱。

头朝下的逃生者

这是今年冬天发生在某市的一件真实的事情。

一天早晨，城西老街一幢居民楼起了火。这房子建于上世纪四十年代，砖木结构，木楼梯、木门窗、木地板，一烧就着。顷刻间三家连四户，整幢楼都葬身火海。

居民们纷纷往外逃命，才逃出一半人时，木质楼梯就“轰”的一声被烧塌了。楼上还有9个居民没来得及逃出来。下楼的通道没有了，在烈火和浓烟的淫威下，这些人只有跑向这幢楼的最顶层四楼。这也是目前唯一没被大火烧着的地方。

9个人挤在四楼的护栏边向下呼救。消防队赶来了。但让消防队员束手无策的是，这片老住宅区巷子太窄小，消防车和云梯车都开不进来。灭火工作一时受阻。

眼看大火一点一点地向四楼蔓延，消防队长当机立断：先救出被困的居民！没有云梯车，他只有命令消防队员带着绳子攀壁上楼，打算让他们用绳子将被困的人一个一个地吊下来。

两个消防队员奉命向楼上攀爬，但才爬到二楼，他俩借以攀抓的木椽烧断了，两个人双双掉了下来。没有了木椽，就没有了附着点，徒手是很难爬上去的。而就在这时，底层用以支撑整幢楼的粗木柱被烧得“咯吱咯吱”响，只要木柱一断，整幢楼就有倾塌的危险。

什么样的救援都来不及了，现在被困的人唯一能做的，就是自己救自己了。

没有时间去准备，消防队长只有随手抓过逃出来的一个居民披在身上的旧毛毯，摊开，让手下几个人拉着，然后大声地冲楼上喊：“跳！一个一个地往下跳，往毛毯上跳！背部着地！”为了安全起见，他亲自示范，做着类似于背跃式跳高的动作。只有背部着地，才是最安全的，而且毛毯太旧，背部着地受力面大些，毛毯才不容易被撞破。

站在四楼护栏最前面的，是一个穿着大衣的妇女。无论队长怎么喊叫，她就是不敢跳，一直犹豫着。她不跳，就挡住了后面的人没法跳，而每耽搁一秒，危险就增大一分。楼下的人急得直跺脚，只得冲楼上喊：“你不敢跳就先让别人跳，看看别人是怎么跳的。”

那妇女让开了。一个男人来到了护栏边，在众人的鼓励下，他跳了下来，动作没有队长示范的那么规范，但总算是屁股着地，落在毛毯上，毫发无伤。队长再次示范，提醒大家跳的方式。接着，第二个人跳下来了，动作规范了许多，安全！第三个，第四个……第八个，都跳下来了，动作一个比一个到位，都是背部着地，落在毛毯上，什么事也没有。

楼上只剩下一个人了，就是那个穿大衣的女人，可她仍在犹豫。楼下的人快急疯了，拼命地催促她。终于，她下定了决心，跨过护栏，弯下腰来，头朝下，摆了个跳水运动员跳水的姿势。

队长吓了一跳，这样跳下来还有命吗？他吼了起来：“背朝下！”但那女人毫不理会，头朝下，笔直地坠了下来。所有人的心都提到了嗓子眼，只见她像一发炮弹笔直地撞向毯子，由于受力面太小的缘故，毯子不堪撞击，“嗤”的一声破了，她的头穿过毯子，撞到了地面上。

“怎么这么笨啊？前面有那么多人跳了，你学也应该学会了嘛！”队长慌忙奔了过去，他看到，那女人头上鲜血淋漓，已是气息奄奄。女人的脸上却露出了苍白的一点笑意，她摸了摸自己的肚子，有气无力地说："我只有这样跳，才不会……伤到我的……孩子。"

队长这才看到，这女人，是个孕妇。

女人断断续续地说："如果我不行了，让医生取出我肚子里的……孩子，已经……九个月了……我没……伤着他，能活……"所有的人顿时肃然动容，人们这才明白，这女人为什么犹豫，为什么选择这么笨的方式跳下。她犹豫，是因为她不知道怎样跳，才不会伤到孩子。选择头朝下的方式跳下来，对她来说最危险，而对她肚子里的孩子来说，最安全！

把最危险的留给自己，把最安全的交给孩子，这就是天底下的母亲时刻在做或者准备做的选择。

8 块 5 毛钱

一天中午，一个捡破烂的妇女把捡来的破烂物品送到废品收购站卖掉后，骑着三轮车往回走。经过一条无人的小巷时，从拐角处，猛地蹿出一个歹徒来。这歹徒手里拿着一把刀，他用刀抵住妇女的胸部，凶狠地命令妇女将身上的钱全部交出来。妇女吓傻了，站在那儿一动不动。

歹徒便开始搜身，他从妇女的衣袋里搜出一个塑料袋，塑料袋里包着一沓钞票。歹徒拿着那沓钞票，转身就走。这时，那位妇女反应过来，立即扑上前去，劈手夺下了塑料袋。歹徒用刀对着妇女，作势要捅她，威胁她放手。妇女却双手紧紧地攥住盛钱的袋子，死活不松手。妇女一面死死地护住袋子，一面拼命呼救，呼救声惊动了小巷子里的居民，人们闻声赶来，合力逮住了歹徒。

众人押着歹徒搀着妇女走进了附近的派出所，一位民警接待了他们。审讯时，歹徒对抢劫一事供认不讳。而那位妇女站在那儿直打哆嗦，脸上冷汗直冒。民警便安慰她："你不必害怕。"妇女回答说："我好疼，我的手指被他掰断了。"说着抬起右手，人们这才发现，她右手的食指软绵绵地耷拉着。

宁可手指被掰断也不松手放掉钱袋子，可见那钱袋的分量。民警便打开那包着钞票的塑料袋，顿时，在场的人都惊呆了，那袋子里总共只有 8 块 5 毛钱，全是一毛和两毛的零钞。

为 8 块 5 毛钱，一个断了手指，一个沦为罪犯，真是太不值得了。一时，小城哗然。

民警迷惘了：是什么力量在支撑着这位妇女，使她能在折断手指的剧痛中仍不放弃这区区的8块5毛钱呢？他决定探个究竟。所以，将妇女送进医院治疗以后，他就尾随在妇女的身后，以期找到问题的答案。

但令人惊讶的是，妇女走出医院大门不久，就在一个水果摊儿上挑起了水果，还挑得那么认真。她用8块5毛钱买了一个梨子、一个苹果、一个橘子、一个香蕉、一节甘蔗、一颗草莓，凡是水果摊儿上有的水果，她每样都挑一个，直到将8块5毛钱花得一分不剩。

民警吃惊地张大了嘴巴。难道不惜牺牲一根手指才保住的8块5毛钱，竟是为了买一点水果尝尝？

妇女提了一袋子水果，径直出了城，来到郊外的公墓。民警发现，妇女走到一个僻静处，那里有一座新墓。妇女在新墓前伫立良久，脸上似乎有了欣慰的笑意。然后她将袋子倚着墓碑，喃喃自语："儿啊，妈妈对不起你。妈没本事，没办法治好你的病，竟让你刚13岁就早早地离开了人世。还记得吗？你临去的时候，妈问你最大的心愿是什么，你说你从来没吃过完好的水果，要是能吃一个好水果该多好呀。妈愧对你呀，竟连你最后的愿望都不能满足，为了给你治病，家里已经连买一个水果的钱都没有了。可是，孩子，到昨天，妈妈终于将为你治病借下的债都还清了。妈今天又挣了8块5毛钱，孩子，妈可以买到水果了，你看，有橘子、梨、苹果，还有香蕉……都是好的。都是妈花钱给你买的完好的水果，一点都没烂，妈一个一个仔细挑过的，你吃吧，孩子，你尝尝吧……"

叫一声妈妈

婷婷是个先天聋哑的女孩，长得很漂亮，也聪明机灵，但就是听不到这个世界美妙动听的声音，更没办法说出话来，哪怕是最简单的"妈妈"两个字。就因为这个遗憾，本来应该十分美满的家庭，总是有些不快乐的气氛，爸爸妈妈的关系也因为她的问题，越来越不好了。

婷婷生日那天早上，妈妈帮她在读书的聋哑学校办理了住宿手续。聪明的婷婷知道，自己长大了，妈妈真的下了决心要和爸爸离婚了，她让自己在学校住，就是要把自己安顿好，这样才有时间和精力去办这件事情，因为爸爸不肯离婚，妈妈要通过法律手段解决这个问题。

婷婷想得没错，妈妈真的向法院申请了离婚，经过一通忙碌，终于盼到法院开庭的日子，可就在婷婷的爸爸妈妈一起走到法院门口的时候，婷婷爸爸突然接了个电话，听了之后，他站住不动了，用恳求的口气对婷婷妈妈说：“秀，之前我一直不想离婚，是我不对，但咱今天能不能不去法院了，刚才学校打来电话，说婷婷人不见了，得赶紧去找，只要一找到婷婷，我马上和你协议离婚，再不拦你了！”

婷婷妈妈听了这话，脑子“嗡”的一声，几乎站不稳了，她不知道自己是怎样和丈夫一起坐到了出租车上，当她回过神的时候，“哇”的一声哭了出来。

为了要离婚，所有的人都指责她不负责任，说她无情，现在婷婷不见了，要有个三长两短，连她自己也不会原谅自己，可她对这个家庭真的已经绝望了。她跟丈夫是大学同学，婚后两人的关系也还不错，可是自打生下婷婷后，乌云就一直笼罩着这个家庭，花光了几乎所有的积蓄，却换来了无法治愈的结论。她和丈夫商量想再要一个孩子，可丈夫坚决不同意，说婷婷天资聪慧，好好培养，也会走出很好的人生路来，再要一个，是对婷婷的不负责任。

婷婷妈妈想到这些，哭得更凶了。婷婷爸爸伸过手来，抓住了她的手，小声说道：“别自责了，婷婷不会有事的。我知道，你生婷婷之前就说过等孩子将来叫你‘妈妈’的时候，你会是世界上最幸福的人，可偏偏……”

“我承认是我自私，你说得对，我是个不负责任的人，可直到现在，我还是想要一个能喊我妈妈的孩子，这就是我要离婚的唯一原因。”

婷婷爸爸不说话了，没过多久，车子停在了学校门口。

老师已经等在了大门口，一看他们来，立刻跑上前去，递上一张婷婷留下的字条，说是刚才给他们打过电话后在婷婷宿舍发现的，上面有婷婷写的几行歪歪扭扭的字：“妈妈，不要离开我和爸爸吧，我知道是因为我不能叫您一声妈妈，让您心中难过，婷婷说声对不起了。婷婷想到了一个法子，想到了一个叫妈妈的法子，真的，不骗您。我走了，到白羊坪外婆家去了，您要是能来外婆家，便什么都明白了。婷婷。”

看着那几行浸着泪水的字迹，婷婷妈妈仿佛看见了婷婷幽怨的眼神，她再也控制不住自己了，放声大哭起来。还是婷婷爸爸比较理智，向老师道了谢，拉着婷婷妈妈往白羊坪赶去。

当他们赶到白羊坪婷婷外婆家的时候，天都已经黑了。婷婷外婆看到他们来，着急地说："这是怎么了，怎么让孩子一个人回来，婷婷好像很伤心的样子，一回来就把自己关进了小柴屋里，和一群小羊在一起……"

婷婷妈妈听到这里，二话没说，就往柴房跑去，在后院那间小柴屋外，她高声地喊道："婷婷，出来吧，妈妈跟爸爸一起来接你了！"她知道婷婷根本听不到她的声音，好像是喊给自己听似的，一边喊一边用特殊的节奏晃动着柴房的门，她相信婷婷看到这门晃动的节奏，肯定知道是她来了，这是她们之间熟悉的暗号。

这特殊的敲门声一响起，柴屋中立刻有了动静，紧接着，传出一声声嘶哑而又悲切的呼唤声，听起来极像是："妈妈——妈妈——"

婷婷妈妈一下子愣在那里，她在白羊坪生活了十八年，小时候每天都出去放羊，这声音，她再熟悉不过了，这一声声像极了"妈妈"的呼唤，分明是小羊羔的叫唤声！难道这就是婷婷想到的那个叫妈妈的法子吗？就在那一刻，婷婷妈妈禁不住泪如泉涌，扑在柴房的门上失声痛哭，她的心真的要碎了。

"妈妈——妈妈——"，柴门里还是不停地传出这样的声音，声音里还夹杂着呜呜咽咽的啜泣声。

婷婷妈妈忙回房间，拿了笔在纸上飞快地写下两行字："婷婷，开门吧，妈妈跟爸爸来了，现在就接你回家。妈妈发誓，再也不离开你。"

婷婷妈妈重新跑回柴房，把写了字的纸揉成一团，塞进了门缝。没多会儿，柴房的门"吱呀"一声开了，果然像婷婷妈妈想的那样，眼前的景象让人肝肠寸断：婷婷正搂住两只洁白的小羊羔，哭得像个泪人儿一般。而那只小羊羔，蜷在婷婷的怀中，嘶哑的"咩咩"声有点像孩子在睡梦里模糊不清的呼唤妈妈的声音。婷婷妈妈冲过去，一把把婷婷搂在怀里，婷婷依偎着她，递过来一张被泪水打湿了的纸，上面写着："妈妈，当您听到这一声'妈妈'的时候，您心中高兴吗？我知道，这么多年，婷婷没能叫您一声妈妈，惹您生气了。这下好了，婷婷终于找到叫妈妈的法子了。我从书里知道，小羊被从羊妈妈身边牵走的时候，总是会叫个不停，我想，它们一定也是在叫妈妈，书里还说它们的叫声，真的很像小朋友在叫妈妈。我不会叫妈妈，可我知道您要走的时候，已经在心中叫了一百遍、一千遍、一万遍……您能留下吗？"

婷婷妈妈紧紧地把这张纸攥在手里，冲着婷婷拼命地点头。

手足情深

世界上有千种爱，只有父母之爱最伟大；世界上有万般情，只有亲情最永恒。亲情无价，兄妹之情，更是最大的财富。

弟弟，不哭

我上高三的那年，有一次学校一定要我们买一种高考复习资料，我只好回家问母亲要钱，恰巧碰到弟弟从工厂里回来。弟弟回来后笑嘻嘻地说："妈，我被工厂开除了。"母亲以为自己听错了，被工厂开除了还没心没肺笑嘻嘻的？这是弟弟第二次被开除。他第一次被开除是在学校，那时弟弟上高中一年级，因为和几个地痞在学校打架，被学校开除了。被开除后的弟弟成了父亲和母亲的一块心病，后来父亲用提前退休的代价，让弟弟顶他的班进了工厂。可进工厂上班不到一年，他就与车间主任又干上了，弟弟说那个车间主任又好色又坏，他看不惯。

被工厂开除后的弟弟一点也不知道发愁，他笑嘻嘻地说："这样也好，省得拿他们那几百元工资，吃不饱饿不死，还得整天受气。"我气愤地说："你还有脸能笑出来。"我想，父亲退休了，母亲下岗了，不争气的弟弟又被工厂开除了，我就是能考上大学，学费也交不起了。

弟弟被工厂开除的第二天就出去找工作。他骑着我家那辆破旧的自行车，每天早晨出发，晚上回来，进门总是笑嘻嘻的。母亲发愁地问他工作找得怎么样了，弟弟笑着说："快有眉目了。"母亲说："你天天都说快有眉目了，行就行，不行就是不行。"弟弟说："人家说要研究研究嘛。"一天，弟弟兴冲冲地回来，进门就说："好了，明天就上班。"第二天，弟弟穿了一身破旧的衣服就出去了。晚上回来时，他蓬头垢面的，浑身都是泥浆，指甲里藏满了油腻腻的灰，也不去洗手，抓起桌子上的馒头就往嘴里塞。我一看弟弟这个样子，端起碗就离开了饭桌。弟弟呆呆地看着我，费力地咽下了噎在嗓子里的馍块。第二天，弟弟再回来时，穿得干干净净，手也洗得干干净净，脏衣服夹在车后边，他长长的头发还湿漉漉的。显然，在这寒冷的冬天，他刚刚洗过澡。

一个多月下来，工程完了，工程队解散了，弟弟又骑着自行车早出晚归地出去找工作，每天早上准时出发。我指着弟弟的背影对母亲说："他现在的工作就是找工作，你看他忙乎的，早知今日，又何必当初呢。"母亲叹了口气，说："你弟弟是个好人，就是因为脾气太直了点，眼里容不下沙子，他才 17 岁，以后在社会上磨炼，多经点事，也许就不会多管那些闲事了。我倒是希望他常能笑着回家，你没看他现在挂在脸上的笑越来越少了。”

一天，弟弟回来时带了一大包东西，说他以后要当老板，给自己打工。我对母亲说：“就他这样，还当老板？”我对弟弟的蔑视发展成为仇恨，因为弟弟所谓的当老板给自己打工，就是到车站旁边的小商品批发市场里进了一些价格低廉的文具和日常用的小商品，在路边摆地摊，而且，弟弟选择摆地摊的位置就在我们学校的大门口，那儿人流量大。每次我们做课间操，我都能看到弟弟蹲在学校大门口外的太阳下，手拿着个喇叭，卖力地吆喝，令我很是难堪。每次经过学校的大门口，黑瘦黑瘦的弟弟就龇着他的牙冲我笑一下，像个猴子一样滑稽可笑，我装作没有看见，也不理他。

有一次做课间操时我看见一群城管开着工具车来到弟弟的地摊前，弟弟慌忙站起来，迎着一张笑脸给人家掏他那劣质的香烟，但根本就没人接也没人听他解释，他们不由分说地扯起他摊在地上的塑料布，就往开来的工具车上扔。地上散落了许多东西，弟弟也顾不上拾，他厮打着要抢回扔在工具车上塑料布里包裹着的东西，但弟弟根本不是那一群城管的对手。城管的工具车开走了，我看见弟弟一边捡拾散落在地上的东西，一边用手抹眼泪，我从没有见弟弟哭过。许多同学都看到了这一幕，我躲到一个弟弟看不到我的角落里，也不敢上前去劝弟弟两句，怕告诉同学们说这就是我弟弟。那个晚上弟弟回家仍然是笑嘻嘻的。母亲问：“伤着没有？”弟弟说：“什么伤着没有？”母亲说：“别装了！”弟弟忙说：“没事，没事，我明天照样出摊。”第二天一早，弟弟赶在我们上课前又整理整理他进的那些东西走了。母亲对我说：“孩子，你弟弟没上成学，可他心好，他尊敬你，你也要尊重你弟弟。”我点点头，第一次，我也觉得弟弟是那样的可亲。

但我对弟弟的冷漠和不说话已成了习惯，要改变很难。好多次，我走到弟弟摆的小地摊前想和他说话，可就是张不开口。弟弟倒不在乎我和他说话不说话，看到我，总是羞怯地把脸转到一边去。也许，弟弟认为，他到哥哥学校的大门口摆这样的小地摊，已经丢了哥哥的脸了。我暗暗下决心，一定要考上大学，每当学习遇到困难或者是夜里困了的时候，我就想起弟弟蹲在太阳底下，像个猴子一样黑瘦黑瘦的，龇着他那雪白牙齿的一张小脸。

离开家上大学的那一天，弟弟把一个存折交到了我手里。我知道这是弟弟摆地摊挣的钱。弟弟说："哥哥，我终于看着你考上大学了，我也能放心走了。"弟弟要到南方去打工，他说摆地摊挣的钱太少了，而我上大学这几年一定要花很多的钱。我考上的是北方的一所大学。那一天，我和弟弟一同到的火车站，弟弟坐的车先走，我和站台上的人说了，他们同意我先进去送送弟弟。弟弟临上火车的时候，我终于忍不住抱住了弟弟，我还没有流泪，弟弟却先流泪了。我强忍着泪水，忽然对弟弟笑了。我说："弟弟，你从来都是笑嘻嘻的，怎么哭了？"弟弟慌忙用衣袖拭干泪水，龇着牙又对我笑了。

弟弟，你不要哭，以后的岁月里还会有很多的不公平，以后的岁月里还会有更多的艰难。我真希望你仍然能像以前那样，笑嘻嘻地回家，笑嘻嘻地出门，笑嘻嘻地面对生活。

贵贱不是命

我和姐姐是双胞胎，我比她迟来这个世界两个小时。因为少了这两个小时，我从小就以妹妹自居，和姐姐耍赖使泼，要她迁就我，而姐姐也从不让我受半点委屈。

18 岁那年，我和姐姐都在县城读高二，但灾难降临到我们家，爸爸遭遇车祸命归黄泉，妈妈经受不了这样的打击，一病不起。

家里的顶梁柱倒了，我和姐姐面临着一个残酷的选择：我们其中必须有一个退学来支撑家庭。

姐姐说，她退学去打工。想着姐姐往日对我的好，我说："姐，这么多年来，都是你照顾我，这次我退学，你上学吧。"望着我们俩谦让的样子，妈的眼里含着泪水，她从身边拿出两根早已准备好的细草说："你们是妈的手心手背，妈也不忍心叫谁退下来。你们抽签吧，抽到长的上学，抽到短的退学，听老天的安排。"我和姐姐默许了这种做法。我先抽出一根细草，随后，姐姐也抽出了细草，她小心翼翼地把细草捂在手掌里，捧在眼前，慢慢地打开手掌。我紧张地望着姐姐，我发现，姐姐的脸上飞过一丝异样，但随即又平淡下来。姐姐拿出细草，再把我手中的细草拿过去一比，我抽的那根足足高出半个头来。

姐姐淡然一笑说：“小妹，天意如此，我们都认命吧。”

说实话，当我看见我抽的是长草时，暗自松了口气——在内心深处，我是害怕自己退学的，自小生活在大山里，我已饱尝其中的艰苦，我迫切地想逃出大山，而读书几乎是最后一条路。我之所以也想让姐姐读书，那是因为亲情。现在，上天授意我留下来读书，把希望给我，把苦难加在姐姐身上，我虽然伤感，但不内疚。

几天后，姐姐和我打点行囊来到县城。按计划，姐姐到县城后，就会立刻赶乘开往省城的汽车，但姐姐却没有到车站，而是和我一道来到学校，和她深爱的校园告别。

姐姐拉着我的手，默默地走在校园里，寝室、教室、操场，甚至饭堂和厕所，姐姐走得那么认真，那么仔细，好像要把这里的一切都装在心里带走。当来到学校西北角的那片松树林时，姐姐走不动了，眼眶里噙满了泪水，我知道姐姐的心事，这片小树林，装着姐姐的美丽的初恋。有多少次，姐姐躲在那棵最粗最大的松树后面，朝操场上偷看，篮球场上那个叫毕福建的男孩啊，你可知道，当你纵横在球场时，一个情窦初开的美丽女孩在为你心跳。

夜晚来临，姐姐催我去上自习，而她却悄悄地躲在六班教室前面的一个阴影处，朝教室里看着。姐姐啊，我知道，此刻的你，一定是伤感而绝望地看着你的白马王子，向你的初恋告别，多情的你，一定是泪流满面。

第二天一大早，姐姐走了，挥一挥衣袖，不带走半点云彩。

高三上学期结束时，春节就到了，姐姐没有回家，她说，还有半年我就要上大学了，她要留在厂里加班，她一定要在我上学前，攒足我的学费。

第二年高考，我以优异成绩被省城的一所大学录取。通知书寄来时，我第一个把这个好消息告诉姐姐，姐姐喜极而泣：“小妹，你放心来省城上学吧，学费姐已经给你攒齐了。”

9月初，我来到省城，开始了我崭新的生活。姐姐在车站接我，当看见姐姐时，我忍不住哭了，一年多没见姐姐，她瘦了许多，脸上的红晕也被苍白和憔悴挤走。为了挣到我的学费，姐姐在那个电子元件流水线上磨损掉几多青春啊！

那之后，我和姐姐走两条完全不同的路。我先是大学毕业，后又读了研究生，去年8月份，我被分配到深圳一家媒体做记者。姐姐呢，也换了几个地方，但总是打工。期间，她和一个新疆小伙子谈了恋爱，并结婚生子。

前些日子，姐姐携老公和儿子来到深圳。她的想法是，在深圳能多挣钱，眼看着儿子要上幼儿园了，她要多多挣钱，让儿子从小就能上城里的幼儿园，不摔倒在起跑线上。

那天，我带着姐姐到一家公司去，这个公司的老总叫老包，我曾采访过他，我们私交不错，我想让他给姐姐安排个差事。老包很够义气，没等我做介绍，就大包大揽地说："你杨记者的事，就是我老包的事，放心吧，我把那个清洁工辞了，让阿姨来做。"正在我诧异间，老包转过头对姐姐说，"阿姨，我说句玩笑话，你可别骂我不正经啊，你年轻的时候，肯定和小杨一样漂亮。"

姐姐手中的水杯"啪"的一声摔落在地，她僵立在那里。老包无意间击中了一个女人最软弱的地方，姐姐可以受苦受累，甚至可以忍受蔑视和虐待，但她不能接受她已经青春不再的事实。姐姐才 26 岁，这应该是一个女人美到极致的年龄，而姐姐，却被人误认为是她双胞胎妹妹的母亲！

我拉着已经失态的姐姐仓皇出逃，身后是老包不解的"哎哎"声。

几天后，姐姐在东莞的一家电子厂找到了一份工作，在那条紧张的电子元件流水线上，姐姐双手翻飞，神态专注。姐姐已经从老包带给她的阴影中走了出来，生活不允许她小资似的多愁善感。

前几天，我把妈妈接到深圳，聊到姐姐时，我伤感地自言自语道："命运真是不公平啊，我和姐姐是双胞胎，命运安排我走了这样一条平坦的大路，却让姐姐在泥潭里挣扎。"妈并没完全听懂我说的话，可也懂了个七七八八，她叹了口气说："二丫啊，命贵命贱不全是人家给的，也是人要的。你还记得你们 18 岁那年吗，你们姐妹俩中有一个人要退学，用抽签来定，其实，大丫当初抽的是长的，为了让你上学，大丫偷偷把草对折起来了，这才比你手里的草短，才让你上了学。大丫一直不让我告诉你这件事，说免得你又哭哭啼啼的。你姐当初要是不那么做，念书的是她，退学的就是你啊。"

妈妈还在絮絮叨叨地说着什么，可我再也没有听见什么，汹涌的泪光里，我看见妈也是老泪纵横……

弟弟，天堂里是否有大学

在我3岁那年，父亲患了一场重病，没过多久便去世了。那一年，弟弟两岁，母亲从此没再嫁。

6岁的时候，母亲将我和弟弟一起送进了小学。从此，我和他形影不离，初中、高中，始终在一个年级、一个班，我们总是相互鼓励、共同进步。

1994年夏天，家里同时收到了两份大学录取通知书。全村都炸开了锅，我们一家人更是高兴得手舞足蹈。可是没兴奋多久，母亲便犯愁了。近万元的学费，对于我家来说，无疑是个天文数字。母亲卖了家里所有的猪、鸡、粮食，又翻山越岭东家西家去借，直到报到前几天，才凑了4000多块。

一天夜里，母亲把我和弟弟叫到一起，还没开口眼泪就流了出来："娃儿啊，你们双双考上大学我很高兴，可是，家里这个经济能力，即使娘去卖血，也只能供你们一个人去念书了……"

我和弟弟在一旁静静地听着，默不作声。许久，弟弟低声地说："姐姐去。"我看了看弟弟，他的脸涨得红彤彤的，一副义无反顾的模样。母亲用衣袖擦了擦眼泪，没有作声。

我对母亲说："还是让弟弟去吧，我始终是要嫁出去的。"我知道自己说这话有多么的言不由衷。上大学是我们农村孩子的唯一出路，我做梦都想跳出"农"门。

弟弟说："还是你去吧！我在家里多少算个劳动力，还能够帮娘下地干活，好供你读书。如果我去了，你们两个在家能够供我吗？"

争论了很久，还是没有决定。那个夜晚，外面很静，静得可以听见屋内每个人在床上辗转反侧的声音。

第二天，弟弟很早就起床了，他站在堂屋里说："娘，还是让姐姐去吧，她上了大学，将来才可以嫁个好人家。"声音不大，却足以让屋里的每个人听得流泪。

我和母亲起床后，在桌上发现了一堆纸末——是弟弟的录取通知书，已经被撕得粉碎。他帮全家人做了一个最后的决定。

送我上火车的时候，母亲和我都哭了，只有弟弟笑呵呵地说："姐，你一定要好好读书啊!”听他的话，好像他倒比我大几岁似的。

1995年，一场罕见的蝗灾席卷了故乡，粮食颗粒无收。弟弟写信给我，说要到南方去打工。

弟弟跟着别人去了广州。刚开始，工作不好找，他就去码头做苦力，帮人扛麻袋和箱包。他后来在一家打火机厂找了份工作，因为是计件工资，按劳取酬，弟弟每天都要工作十几个小时甚至更长，这是后来和他一同去打工的老乡回来告诉我们的。弟弟给我写信从来都是报喜不报忧。

每个月，弟弟都会准时寄钱到学校，给我作生活费。后来干脆要我办了一张牡丹卡，他直接把钱存到卡上去。每次从卡里取钱，我都会感觉到一种温暖，也对当初自己的自私心存愧疚和自责。

弟弟出去后的第一个春节，他没有回家，只是提前写信回来告诉我们，说春节车票不太好买，打工返乡的人又多，懒得挤，而且春节的时候生意比较忙，收入也会相对高一点。我知道，他哪里是嫌懒得挤车，他是想多省点钱，多挣些钱，好供我读书啊!

弟弟后来又去了一家机床厂，说那边工资高一点。我提醒他：“听说机床厂很容易出事的，你千万要小心一些。等我念完大学参加工作了，你就去报考成人高考，然后我挣钱供你读书。”

终于顺利毕业了。我很快就在城里找了份舒适的工作。弟弟打来长途电话祝贺我，并叮嘱我要好好工作。我让弟弟立即辞职回家复习功课，准备参加今年的成人高考，弟弟却说我刚参加工作收入肯定不多，他想再干半年，多挣一些钱才回去。他坚持自己的意见，最后我不得不妥协。

我做梦都没想到，我的这次妥协却要了弟弟的命。

弟弟出事时，我正在办公室整理文件，电话铃响了，一口广东腔，隐隐约约听得出那边问我：“你是黎兵的姐姐吗?”我说：“是。你有什么事吗?”“你弟弟出事了。请你们马上过来一趟。”我的脑袋“嗡”的一下就大了。赶忙问出了什么事，那边说，由于机床控制失灵，黎兵被齿轮轧去了上身半边，正在医院抢救。

我和母亲连夜坐火车赶赴广州。当我们踉踉跄跄地闯进医院时，负责照顾弟弟的工友告诉我们，弟弟抢救无效，已经离开人世了。母亲当时就晕倒在地上。

我们在医院的停尸房见到了弟弟的遗体。他左边肩膀、胸部连同手臂已经不在了，黑瘦的脸部因为痛苦而严重变了形，那种惨状让人几度晕厥。

弟弟生前的同事告诉我们，在医院抢救之际，弟弟还要我们千万别通知他的家人，他说不想让我们担心。

我们清理弟弟的遗物时，在抽屉里发现了两份人身意外伤亡保险，受益人分别是母亲和我。母亲拿着保险单呼天抢地："兵娃啊，娘不要你的钱，娘要这么多钱干啥啊！娘要你回来！你回来啊……"

还有一封已经贴好邮票的信，是写给我的：姐，就快要过春节了，已经3年没有回家，真的很想念你们。现在，你终于毕业参加工作了，我也可以解甲归田了……

弟弟走了很久，我和母亲都无法从悲痛中走出来。不知道天堂有没有成人高考，但是每年，我都会给弟弟烧一些高考资料，我想让他在天堂里上大学。

一生最爱你

我家在一个偏僻的山村，父母都是面朝黄土背朝天的农民。我有一个小我3岁的弟弟。有一次我为了买女孩子们都有的花手绢，偷偷拿了父亲抽屉里的5毛钱。父亲当时就发现钱少了，就让我们跪在墙边，拿着一根竹竿，让我们承认到底是谁偷的。我被当时的情景吓傻了，低着头不敢说话。父亲见我们都不承认，说："那两个一起挨打。"说完就扬起手里的竹竿，忽然弟弟抓住父亲的手大声说："爸，是我偷的，不是姐干的，你打我吧！"父亲手里的竹竿无情地落在弟弟的背上、肩上，父亲气得喘不过气来，打完了坐在炕上骂道："你现在就知道偷家里的，将来长大了还了得？我打死你这个不争气的。"当天晚上，我和母亲搂着满身伤痕的弟弟，弟弟一滴眼泪都没掉。半夜里，我突然号啕大哭，弟弟用小手抚着我的嘴说："姐，你别哭，反正我也挨完打了。"

我一直在恨自己当初没有勇气承认，事过多年，弟弟为了我挡竹竿的样子我仍然记忆犹新。那一年，弟弟8岁，我11岁。

弟弟中学毕业那年，考上了县里的重点高中，同时我也接到了省城大学的录取通知书。那天晚上，父亲蹲在院子里一袋一袋地抽着旱烟，嘴里还叨咕着："两娃都这么争气，真争气。"母亲偷偷抹着眼泪说争气有啥用啊，拿啥供啊！弟弟走到父亲面前说："爸，我不想上了，反正也念够了。"

父亲一巴掌打在弟弟的脸上，说："你咋就这么没出息？我就是砸锅卖铁也要把你们姐俩供出来。"说完转身出去挨家借钱。我抚摸着弟弟红肿的脸说："你得念下去，男娃不念书就一辈子走不出这穷山沟了。"弟弟看着我，点点头。当时我已经决定放弃上学的机会了。

没想到第二天天还没亮，弟弟就偷偷带着几件破衣服和几个干馍头走了，在我枕边留下一张纸条：姐，你别愁了，考上大学不容易，我出去打工供你读书。

我握着那张字条，趴在炕上失声痛哭。那一年，弟弟17岁，我20岁。

我用父亲满村子借的钱和弟弟在工地里搬水泥挣的钱终于读到了大三。一天我正在寝室里看书，同学跑进来喊我："梅子，有个老乡在找你。"怎么会有老乡找我呢？我走出去，远远地看见弟弟，穿着满身是水泥和沙子的工作服等我。我说："你咋和我同学说你是我老乡啊？"

他笑着说："你看我穿得这样，说是你弟，你同学还不笑话你？"

我鼻子一酸，眼泪就落了下来。我给弟弟拍打身上的尘土，哽咽着说："你本来就是我弟，这辈子不管穿成啥样，我都不怕别人笑话。"

他从兜里小心翼翼地掏出一个用手绢包着的蝴蝶发夹，在我头上比量着，说："我看城里的姑娘都戴这个，就给你也买一个。"我再也没有忍住，在大街上就抱着弟弟哭起来。那一年，弟弟20岁，我23岁。

我第一次领男朋友回家，看到家里掉了多少年的玻璃安上了，屋子里也收拾得一尘不染。男朋友走了以后我向母亲撒娇，我说："妈，咋把家收拾得这么干净啊？"母亲老了，笑起来脸上像一朵菊花，说："这是你弟提早回来收拾的，你看到他手上的口子没？是安玻璃时划的。"

我走进弟弟的小屋里，看到弟弟日渐消瘦的脸，心里很难过。他还是笑着说："你第一次带朋友回家，还是城里的大学生，不能让人家笑话咱家。"

我给他的伤口上药，问他："疼不？"

他说："不疼。我在工地上，石头把脚砸得穿不了鞋，还干活呢……"说到一半就把嘴闭上不说了。

我把脸转过去，哭了出来。那一年，弟弟23岁，我26岁。

我结婚以后，住在城里，几次和丈夫要把父母接来一起住，他们都不肯，说离开那村子就不知道干啥了。弟弟也不同意，说："姐，你就全心照顾姐夫的爸妈吧，咱爸妈有我呢。"

丈夫升为厂里的厂长，我和他商量把弟弟调上来管理修理部，没想到弟弟不肯，执意做了一个修理工。

一次弟弟登梯子修理电线，让电击了住进医院。我和丈夫去看他。我抚摸着他打着石膏的腿埋怨他："早让你当干部你不干，现在摔成这样，要是不当工人能让你去干那活儿吗？"

他一脸严肃地说："你咋不为我姐夫着想呢？他刚上任，我又没文化，直接当官，给他造成啥影响啊！"

丈夫感动得热泪盈眶，我也哭着说："弟啊，你没文化都是姐给你耽误了。"他拉过我的手说："都过去了，还提它干啥！"

那一年，弟弟26岁，我29岁。

弟弟30岁那年，才和一个本分的农村姑娘结了婚。在婚礼上，主持人问他最敬爱的人是谁，他想都没想就回答："我姐。"

弟弟讲了一个我都记不得的故事："我刚上学的时候，学校在邻村，每天我和我姐都得走上一个小时才到家。有一天，我的手套丢了一只，我姐就把她的给我一只，她自己就戴一只手套走了那么远的路。回家以后，我姐的那只手冻得都拿不起筷子了。从那时候，我就发誓我这一辈子一定要对我姐好。"

台下一片掌声，宾客们都把目光转向我。

我说："我这一辈子最感谢的人是我弟。"在我最应该高兴的时候，我却止不住泪流满面。

阳光下走着我亲爱的哥哥

那天，正午的阳光白亮亮的，大街上车来车往。我领着学生去看电影，走在人行道上，突然听见一辆车传来轻轻的鸣笛，转头一看，哥哥驾驶的公交车正从我的身边缓缓驶过。他略略地侧头朝我微笑了一下，黝黑的面孔上浮现出柔和的光泽。

19年前，我师范毕业，也是这样阳光灿烂的日子，哥哥请了假，提前两天来苏州准备接我回家。那是他第一次出远门，母亲嘱咐他在苏州好好玩两天。那时我们已经没有什么课了，每天就是聚在一起，作着毕业前最后的道别，却没有想到要去陪着哥哥到处走走。哥哥一个人在陌生的苏州城里来来回回，他告诉我说，玩得很开心。

因为父亲一直生病，母亲是民办教师，既要教书，还要种地。她独自一个人承担了里里外外几乎所有的事，好多次因为误了农时而在地里无助地哭泣。哥哥很早就开始分担母亲的劳累，十三四岁就在放学后去地里插秧、挑稻，15岁初中毕业就放弃了学业，进了一家正在筹建的纺织厂，在刚刚动工的厂址挖土、挑土，参加建设，下班后回家种地，开始承担起家庭的主要体力活。还是因为这些，19岁的时候，哥哥放弃了从小期盼的入伍当兵的理想，一心一意上班种地。

我进初中的时候，哥哥还没有毕业，每天早晚，都是他用自行车载我上下学，蒸饭、打菜之类的事情都由他安排。记得那时他总是关照我中午晚几分钟去食堂，因为那个时间，他正在拥挤的窗口排队打菜。后来他进了工厂，就叫我去他厂里吃中饭，每次我过去吃饭，总有人开玩笑，说一个小不点哥哥照顾一个小不点妹妹——15岁的哥哥长得很小，后来也一直没有长高多少。我猜，一定是他过早地用稚嫩的肩膀担起家庭重担的缘故。有一次我过去吃饭，厂里一个阿姨神秘地告诉我，哥哥今天为了买到最后一块肉糕，差点跟人打起来。我半信半疑地往食堂走去，哥哥正在门口等我，正午烂漫的阳光给他瘦小的身体笼罩上一圈金光。他自豪地指着饭盆里的肉糕叫我吃，我一定要分一半给他，哥哥拍着肚子说："我已经吃过了，现在哥挣钱了，我妹想吃啥就吃啥。"

我在师范学校的最后一天，哥哥帮我收拾好了行李：网兜里装着脸盆和暖水瓶，皮箱里是我的衣服，那个巨大无比的蛇皮袋给被褥撑得鼓鼓囊囊的，大大小小的包裹堆成了一座小山。

陆续有人离去，我走的时候，剩下的几个同学一起送我到车站。走在路上，我们簇拥在一起，互相安慰着，做着种种的约定。我的哥哥，独自一个人落在了最后，肩上扛着那个橘黄色的皮箱，手里拎着脸盆和暖水瓶，安安静静地边走边仔细听着我们说话，阳光下，哥哥投在地上的身影，就像巨大无比的骆驼。

不记得是怎么回事，回家的车票不是同一班车，哥哥把只背着一个小包的我赶上了车，一个人守着那堆巨大的行李等2小时后的另一班车。进检票口的时候，我泪眼婆娑地回头朝那些送别的同学不停地挥手，看见哥哥正弯着腰在给网兜重新打结，然后小心地把网兜移到候车室的座位底下。

哥哥很晚才到家——从小镇的车站到家，还要走差不多一个小时。他扛着皮箱、拖着蛇皮袋、拎着网兜的身影出现在家门口的时候，天已经黑了。

哥哥的工作换了很多。几年前，他下岗了，四处找不到工作，变得越来越沉默。后来有一次，他悄悄地骑着摩托车到几百公里外的黄海边待了一天一夜，回来以后，一扫郁郁寡欢的神情，开始很努力地学开车。

那些生活中的不如意，哥哥从来没有在家人面前流露过，母亲偷偷告诉我这些的时候，我能够想象出哥哥心头郁结的苦闷压得他喘不过气来，想象出哥哥独自带着这些苦闷像风一样穿行在阳光灿烂的大马路上——一如他从小默默地承担家庭的重担却从来不言放弃一般。

哥哥一直以我为荣，初中的时候，他在红榜上找到我的名字，就自豪地告诉他的同学，那是他的妹妹；现在，每当看见报纸上有我的名字，他都欢欢喜喜指着那豆腐干般的文章，告诉别人那是他妹妹写的。

我一直觉得哥哥是一棵大树，却从来没有意识到他仅仅比我大两岁而已。那天，我指着远去的公交车，告诉我的学生："看哪，阳光灿烂的大路上，走着我亲爱的哥哥！"

失去你是我永远的痛

我久久地站立在这芳草萋萋的坟茔前，任泪水无声地滴落，幻化成一只思念的蝴蝶，在长眠着我大哥的地方徘徊——三年前的今天，你终于不再留恋这美好的春天，告别了自己贫困无助的一生，无声无息地融入了你赖以生存的黄土地……我飞舞的泪水簌簌而下。大哥，不知道九泉之下你的病体可好啊？

三年前，在这片清瘦贫瘠的黄土上，我那劳累一生的大哥永远地躺下了，他终于可以睡个安稳的觉，与生养他的土地融合在一起……我能久久地听到他的声音和喘息，一次次感受他的爱心和抚摸，用心灵感觉他的宽容和仁厚——所有这些，都种植在我记忆的心田，成为一种永远不能忘却的怀恋。

那一个多雨的日子。在你送我去学校的路上，经过一家书店时，不识字的你却能读懂我求知的目光——"想要什么书？大哥给你买。"我知道，多病的你连打针的钱都没有，你总是强忍着病体坚强地微笑。我说："我什么也不需要。”目光便依依不舍地从那本《徐志摩诗文选》上移开。我们走了十几米时，你忽然像丢失了什么，转身回去了——我正迷茫时，你从书店拿来了那本我渴望已久的书！大哥，你知道我那时的心境是如何的复杂！尽管我推说不要，也许你早已从我的目光中读懂了什么，迅速而坚定地把它塞进了我的书包……

躺在这芳草萋萋的草坪上，我看见你深邃的目光。太阳像老人温暖的手掌，抚摸着我日渐挺起的脊梁。当一种声音伴着记忆从遥远处到来时，我虔诚的双腿不能支撑那颗感激的心，最先在你的面前跪了下来……你用劳碌的一生支撑这个多灾多难的家庭，你用默默无闻的情怀塑造作为大哥的形象。在常人无法想象的那段艰苦岁月里，你节省每一分钱供养弟弟妹妹的学业。你自己的腰杆日益枯萎，为的是弟弟妹妹能挺起坚实的脊梁！那些不能忘怀的记忆，像一个个沉重的故事珍珠般系在我的心灵之窗，我用积攒已久的泪水写成文字，祭奠英年早逝的你的魂灵。

大哥啊，我在为你祈祷，在通往天国的路上，你的病痛远远地离去吧！贫穷再也不能和你有缘，你的善良、宽容也从此在我的记忆中长存千年……

大哥回家

我们家那时很穷，兄妹 3 人的学费每学期都要拖欠。

我和妹妹在村里上小学，大哥在距家 20 多公里的县城上中学。每周六，大哥坐公交车回家，车票是 2 角钱。星期天是我们最盼望的时光，大哥会带着我和妹妹到村头小溪玩上大半天。所以一到周六的下午，我和妹妹都要站在家门口等大哥回来。

一次晚饭后，父亲对大哥说：“大强，往后就不要每个星期回来了。”我们都明白，父亲是为了节约大哥每周往返的那 4 角钱车费。

这以后，大哥几周没回家。又一个星期六，我们已吃过晚饭，屋外下着雨，大哥突然回家了，头发和衣服湿淋淋的。见到大哥，我们又惊又喜。父亲爱怜地看着大哥，脸上却有些不悦。大哥见父亲生气，气喘吁吁地说：“爸，我没坐车，是走路回来的。”父亲紧锁眉头，一言不发地烘着大哥的衣服，湿润的眼睛在火光映照下闪着晶亮的光。母亲赶忙为大哥热了一大碗汤饭和几个蒸红薯，大哥大口大口地吃着，咀嚼得那么香甜，吞咽得那么顺畅。

从此以后，大哥不坐车了，每周都走路回家。又是一个星期六，母亲在晚饭后迟疑了很久，对露着脚趾头的大哥说："大强，不是妈不想你回家，你的鞋比以前费多了，你还是一个月回一次家吧。"大哥两周没有回家。又到了一个周末，天已经黑了。我们刚吃完晚饭，大哥突然推门进来了，他头上冒着热气，手上紧攥着一双鞋。父母都惊呆了。大哥傻傻地望着母亲说："我没有穿鞋，是光着脚一路跑回来的。"母亲一下把大哥揽在怀里，大颗大颗的泪水滚落下来。父亲转过身去，半天没说话……

后来，大哥成了一名威武的武警警官，我和妹妹也参加了工作，兄妹3个都在城里买了房子安了家。可父母仍坚持住在老家。每到周末，我和妹妹都要带着家人回到父母身边，共享天伦之乐。大哥却很少回家，他所在的警营年年被评为标兵单位。大哥回不了家的时候，就叫大嫂侄儿回家，还给父母买好吃的。父母知道大哥很忙，没时间回家，总要说起他在冰天雪地里光着脚大老远地回家的事。提起那段经历，父亲声音涩涩的，母亲泪花闪闪的。

今年夏天，大哥率领官兵参加抗洪抢险时被垮塌的房屋砸成重伤。在送往医院的途中，大哥苏醒过来，嘴唇嚅动着想说什么。战友们握住他的手，俯身听到大哥用微弱的声音说："别送我去医院，我要回家，看我爸妈……"

大哥再回家时，是部队用专车送他回来的。他被簇拥在洁白、芬芳的花瓣里，身躯化作一缕国旗的鲜红，音容化作一曲爱民的乐章。

大哥回家了，他将永远守候着他的亲人，永远……

不在弟弟面前流泪

那天，我一连告别了弟弟三次，每次，我都暗暗地告诫自己：决不能在弟弟面前流泪；每一次，我都是硬着头皮上的车，我竟没有勇气回头看他一眼。我有一种复杂的感觉——惭愧，内疚，自责？

弟弟比我小两岁，陌生人一见我们俩定会认为他是我哥哥，而且最起码比我大10岁。

记得很久前，家里太穷，爸爸没法供我们兄妹6人同时上学，只好让大姐和弟弟辍学。不久，大姐就出嫁了，而弟弟则帮爸爸干农活，那年，弟弟才十岁。

我们兄妹几个升的学校越高，用的钱就越多，17 岁的弟弟只好外出打工……

终于，我们兄妹几个先后毕业了。可是，我们又开始为工作奔波，为小家庭操劳。父亲老了，弟弟的婚事一拖再拖……弟弟也不为自己娶媳妇攒钱，把每年打工挣来的钱一部分供养老人，一部分支援我们的急用：要调动、要买房、要结婚……我们几个尽管都有了工作，可农村的孩子在城里打拼真的好难，每个月的工资都赶不上花销。眼看弟弟快 30 岁了，已在村里的光棍队挂了号，老爸这才召开了一次紧急家庭会：无论谁多困难，也不能再挪用他的钱；在他 30 岁之前，必须成家，他已为你们操劳了快 20 年了……是啊，快 20 年了！

于是，我们兄妹几人决定，每人捐 5000 元，帮弟弟成家。爸爸老了，我们都很忙，好不容易才给弟弟找了一个对象，我们全家都很高兴，大摆宴席，终于完成了老爸的心愿。可是，谁料到弟媳不能生育，我们几个合计着，让弟弟和她离婚。可弟弟怎么说也不同意，他说："她也是个苦命人，实在不行，领养一个小孩算了。"不久，他将老父母托付于大姐，带着弟媳，远到他乡去谋生。快两年了，我们再也没有他的音信。直到前不久，才知道他的所在地。我们几个都心急如焚，我决定去探望他。

那天，直到晚上，我才找到弟弟。他刚从工地上回来。弟弟更加苍老了，头顶上的头发快脱完了，一身破旧的衣服，一双粗糙的手。弟弟见到我觉得很意外，两只眼直直地看着我，半天没有说出话，这就是弟弟？我的弟弟？是他，就是他，只是岁月给他留下了许多未老先衰的沧桑。

弟弟领着我去他"家"。那里离城很远，一路上坑坑洼洼的，泥泞很多，弟弟指着路边的一排平房说："原来住在这里，可房费太高，只得往远处搬。"终于到了沟的尽头，全是上坡路。院的周围有许多猪、羊、鸡、狗舍。邻居也是租房的，是个收破烂的。院子不大，杂乱的破烂，熏人的臭气，房子里只有一张双人床、两床铺盖、几个纸箱子、一个石英钟和昏暗的灯。小侄女是领养的，瘦得很，但很听话。弟媳说电费很高，房东又要加损耗……

临走时，我掏出 100 元钱给小侄女，可他们怎么说也不要，他说："你们又买房，又装修……城里太费钱……"我硬把钱放下。弟弟推出三轮车，把我送到车站。他把我放在家的半盒烟塞给我说："哥，这烟你拿走，我不抽这号贵烟，放着浪费了……"我望着弟弟，不知该怎么说，只觉得鼻子一酸，硬着头皮上了车……

汽车出了站没两分钟，弟弟打来电话："哥，那钱我不要，我把钱放在烟盒里了……""什么？快，快停车。"我跳下了车。好不容易才追上了弟弟，慌慌张张地掏出100元钱，塞给弟弟，回头就走。客车过来了，我又上了车，掏出烟盒一看，里面装着100元钱。我不由得一慌，在兜里乱掏……啊，天哪！我竟把别人给我的那张假币在慌乱中给了弟弟……我走时，妻子让我把那张假币拿上看能否花出去，可现在，我竟给了弟弟。我急忙下了车，一直找到弟弟所在的工地，告诉弟弟："那是张假币，哥再给你100元，不，200元……"弟弟淡淡地说："哥，我已经把那假币撕了，人家哄了咱，咱可不能再哄别人，不然，心里会不安的……"

再次离开弟弟时我鼻子一酸，泪如泉涌。我暗暗想，我们都是黄土高原的一撮土，我有幸被加工成砖，但已失去了本性，而弟弟仍如那黄土，没有失去那纯朴、厚实的本性。

瘸腿汉

叶梅是个孤儿，她在哥哥的资助下读完大学，一毕业就被深圳有名的侨宝电子公司聘用了。公司老板姓郑，是个年过五旬的台商，特别器重叶梅，业务洽谈和一些商务应酬都带上她，三个月后，又提升叶梅为公司行政助理。郑老板没架子，与那个看门的瘸腿汉子很谈得来。瘸腿汉姓丁，黑黑瘦瘦的，长相猥琐，脸上还可怕地留着两道刀疤。叶梅来公司报到那天，这瘸腿汉到火车站接她，还帮着把行李扛到七楼宿舍，对叶梅大大咧咧地说："妹子，有啥困难就说一声，只要我老哥能办到。"可叶梅却对他印象不佳，特别是有天晚上她来公司加班，看到瘸腿汉竟然粗着嗓子和郑老板争执，见叶梅来了，他才住了嘴……

一个看大门的对老板如此态度，郑老板却似乎没当一回事，还像往常一样跟瘸腿汉子说得来。

这天，一位马来西亚客商请郑老板马上过去签一份重要合同。郑老板临走时吩咐叶梅："我得好几天才能回来，几位副总正好也外出了，这几天你代管一下公司的日常事务。”

老板刚走，瘸腿汉就来到办公室，大大咧咧地问叶梅老板去了哪里。听叶梅说了情况，他大吃一惊，说：“什么，老板出国了？他出国咋不跟我打声招呼？”

叶梅朝他看看，说：“听你的口气，老板出国得经你批准，是吗？”

瘸腿汉朝叶梅看看，说：“妹子，话不要说得那么冲嘛。我是有急事才找老板的。”

叶梅懒得理他，只顾着做自己的事。瘸腿汉见叶梅仍不想理他，只好干咳一声，转身走了出去。

晚上，叶梅加完班离开公司，经过门卫室时，见公司大门竟然还敞着，瘸腿汉正在喝酒，一副醉醺醺的样子。她的气又上来了，推开门走进去，将瘸腿汉训斥了一顿。瘸腿汉根本没听见叶梅的话，反而嘀咕道：“这公司又不是你家的，操这么多心干啥？”

叶梅大声说：“我现在代管着公司，希望你下不为例。”

不料瘸腿汉根本没把她的警告当回事，次日中午，竟然邀请外面的民工过来喝酒，信和报纸也不送到办公室。叶梅这回不客气了，就问他还想不想在公司干。瘸腿汉脖子一梗，说：“不干就不干，才当两天的代理就目中无人呀？”叶梅说：“你可想好了，真不想做，马上去财务室结算工资。”

瘸子汉就像等着叶梅这句话一样，马上说：“那就请你快给我结算工资吧。小丫头，你炒我的鱿鱼没错，我服！你可得好好干，要是也像我这样给炒了鱿鱼，看我怎么笑你。哈哈哈。”

瘸子汉被炒的当天下午，郑老板就从国外回来了。一进办公室，他就问叶梅：“门卫室怎么换人了，老丁呢？”叶梅说：“他工作时间酗酒，屡次违反公司纪律，我让他辞职了。”郑老板一下惊呆了，喊道：“什么，你炒了他的鱿鱼？快，快派人把他找回来！”

老板的话让叶梅又一次感到很奇怪，问：“郑总，你为什么老是庇护他？我让他辞职难道错了吗？”

“你错没错我不知道，但老丁根本不是你说的这种人！”郑老板沉着脸，眼中冒出了火，“你知不知道，如果没有他，你现在还是一个无家可归的孤儿！”叶梅冷笑道：“怎么可能？我是我哥供养读的大学。”

郑老板盯了一眼叶梅，说：“你哥？你根本就没有哥！当年你父亲在采石场事故中丧生，你母亲又患上了绝症，而你才 13 岁。你母亲因为你年纪实在太小，就编了个谎话说你还有个哥哥，让你在心里存一点希望。她骗你说你哥是她未婚先孕在你外婆家生的，现在深圳打工，让你去找他。”

这是叶梅心里最深刻的记忆。妈妈临死前给了她一张纸条，上面有哥哥叶志勇在深圳的通信地址。妈妈死后，孤苦无依的叶梅不想上学，就动身去深圳找哥哥。这天到了省城，天已黑了，她身无分文，又冷又饿，蜷缩在街头一间商亭旁。一位年轻男子走过来看看她，蹲下来关心地问：“小妹妹，你咋一个人蹲在这里？你父母呢？”他听了叶梅的情况后，像是触动了什么心思，叹了一口气，对怯生生望着他的叶梅说：“小妹妹，你甭怕，大哥不是坏人。”说着，脱下身上的旧棉袄披在叶梅身上，又拉起她说，“饿了吧？大哥这就带你去吃饭。”

那天晚上，年轻的汉子不仅带她吃了一顿饱饭，还将她安顿在旅社住下。第二天，他看了叶梅母亲留下的字条后，眼睛又湿了，对叶梅说：“这地址我很熟悉。我正要去深圳哩，你人生地不熟又没路费，不如你回去好好读书，我帮你在深圳找到你哥。今年秋天，我一定带他到学校来看你。”他给叶梅买了返回家乡的车票，还给了她一个学期的学费和生活费。

秋天，那位好心的大哥真的把叶梅的哥哥带来了，还带来了学费和生活费。可从那以后，叶梅就再也没见到他。她多次打电话向哥哥打听，哥哥总是含糊其辞，说他也不知好心大哥的去向……

郑老板接着说：“那位好心的大哥一看字条就知道是假的，因为深圳根本没有纽约区，更没有伦敦街。但他还是答应要带你哥哥回来见你，因为他也要让你心里留着那份希望。后来，他到处打工挣钱，到了秋天，又雇一个同乡冒充你的哥哥，一起探望你这个无亲无故的妹妹。”

叶梅惊呆了，说：“怪不得我哥说他人在国外，这么多年一直托人寄钱，却总也见不着人。”她的泪水簌簌流下来，真没想到，好心大哥就是已经被她炒掉的瘸腿汉！

叶梅问道：“那好心大哥他怎么变成现在这个样子？”

郑老板的眼睛也湿润了，说：“他不仅是你的好心大哥，也是我的救命恩人。”

7 年前，郑老板从台湾踌躇满志到深圳办了这家电子公司。由于他的家族在台湾赫赫有名，他被一个黑社会团伙绑架，歹徒将他关押在一幢楼里，让他家人拿巨款来赎他。他趁看守不注意，写了一张求救纸条扔到窗外，声言只要救他，当付 100 万元酬谢。凌晨三点多的时候，一位壮汉顺着室外下水管道爬上来，打昏看守，带着他逃了出来。走到冷清的街道时，郑老板长舒一口气，让这壮汉跟他去住处兑现100万元酬谢。谁知这汉子冷冷地说："你走吧，我还要回工地守场子。"郑老板吃惊地问："难道你不是拾到求救纸条才来救我的？"汉子一愣，生气地说："什么求救纸条，我跟踪这伙坏人已经很长时间，这次是想上来寻找线索，救我被拐骗的妹妹，顺便把你救了出来。"正在这时，一辆亮着刺眼灯光的轿车对着他们直冲过来，汉子喊了声"不好"，奋力将他一下推开，可自己却被轿车撞倒在地。轿车一停，下来两个歹徒，抡刀便向躺在地上的汉子砍去。一旁的郑老板见势不妙，赶紧逃走。后来他通过公安局才找到这位被砍得奄奄一息的汉子，经过一番救治，把他接到自己公司。

叶梅听到这里，这才明白好心大哥是因为伤残改变了外貌和声音，以致自己没能认出他来。

郑老板说，几年来，他多次想报答老丁，不论他提出什么条件都会满足他，可老丁始终只有一个条件，说他有一个在读大学的妹妹，希望她毕业后能进公司工作，将来能做一番事业。

郑老板接着又心情沉重地说："他把你安顿好后，一直在想办法离开公司。我知道，他这是要去找他失散10年的妹妹。"

此时的叶梅泪流满面，哭喊道："哥啊，你是我在世上最好最亲的哥！无论你走到哪里，我都要找到你，今生今世好好照顾你！"

长兄如父

我哥比我大整整10岁，他的小名叫筛子，这是因为母亲在我哥小的时候总是将他放在一个筐里面，上面盖个筛子，母亲干活到哪儿，就把他带到哪儿。也因为这，大家自然而然给了我一个小名——"小筛子"。我哥不上学绝不是因为他不聪明，他本来已经在县城高中上了好几天的学，但忽然就不去上了。为此他的班主任特地来我家一次，本来是想劝他上学，可一看我家的情况，连劝的话也没说，丢下10块钱就回去了。

我哥退学后最关心的就是两件事情：一是干活挣工分，二就是我的学习成绩单。哥没有继续读书却坚决让我读书。这并不是我家条件比过去好了，而是因为我有哥，我哥却没有。虽然家里条件因他的退学比以前好了一点点，可是接连而来的困难也就更多了。主要是因为我哥岁数大了，而岁数一大找对象就特难。有好多姑娘都看中了我哥，却因为我们的家庭条件望而却步，偶尔有看上的却要我哥去倒插门（做上门女婿），他当然不同意，我哥不肯撇下我们全家自己去过好日子。为此我打算学哥当年的样子退学，我哥却因此恶狠狠地打了我，在我的印象中那是他第一次也是唯一的一次打我。

哥的婚事没有着落丝毫没有影响他干活。那时已经搞改革了，而改革就给哥带来了施展才能的机遇。哥比以前更忙了，他盖了房子，也说上了对象，这时哥已差不多到了而立之年了，大伙都劝他早点结婚，可我哥却坚决等我高考完再说。

我不能对不起我哥，也终于没有对不起他。哥看到录取通知书比我都高兴，只是他因为我考的是军校不满意，因为他怕我在军校里苦着累着。军校是苦是累，可哪有我哥苦哪有我哥累？而上军校可以少花家里钱，甚至不花家里钱，所以我的第一志愿就是军校，我就是冲着少花钱去的，不能再让哥为我操心了。

哥亲自送我去军校，因为军校离我家很远，坐火车也得几十个小时，中途还得倒趟车，这对我一个没出过远门的学生来说是太难了点儿。再者，我知道哥已经把他少时的读书梦嫁接到了我的身上。那种情感我实在是形容不出来。所以我就同意哥送我了。路上没有任何的耽搁，只是到了学校要和哥分手的时候，看着他因为劳累而已有很深皱纹的额头，因为舍不得我而拼命忍着泪水的双眼和那瘦弱的身躯，我终于忍不住自己的眼泪……

一张多余的试卷

又到了期末考试，我被调到二年级的一个班监考。开考的铃声响了，我将卷子发下去，雪白的试卷像翻飞的浪在孩子们手里传递着。待教室平静下来，孩子们的笔在纸上沙沙作响时，我忽然发觉按理应当有一份多余的试卷，以便学生答卷过程中出现问题时解答调换用的，怎么没有了呢？我没多想，一边在教室里来回走动，一边用目光巡视着。

一个靠前排的小男孩吸引了我的视线。他的头垂得离卷面很近，几乎是趴在桌子上写字。我好奇地走近他，发现他衣着单薄，一件短旧的单衣里面，只有一件大人穿剩的肥大毛衣，露在外面的袖口处早已破烂成絮。男孩的双腿在桌子下面瑟瑟发抖，他发觉我在看他，赶紧将双脚收拢回桌子下面，却不经意地露出了他那双破旧的运动鞋，鞋面上有些脱胶，污脏的雪水正从里面渗出来。

我顿时心生感慨，自己也是从山里走出来的孩子，深谙贫穷的滋味。我的手轻轻落在他的肩膀上，他打了个激灵，抬起通红的脸，目光闪烁游离，不敢与我正视。我用鼓励的眼神望着他，微微笑了，示意他直起身来，保持坐姿。他会意地还我一个很腼腆的浅笑，不好意思地纠正着姿势，向我投来一束感激的目光。

以后几天的监考中，我总会踱到那个男孩身边，充满爱怜地凝望着他瘦小的身影。尽管他那冻得红肿的手在握笔时显得力不从心，但落在纸上却是铿锵的笔画，那种执著的全力以赴的神情令人动容。

接连几场考试无一例外没有剩余的卷子。直到最后一科历史考试，有个同学要求调换印刷不清的试卷才引起我足够的重视，发生这种情形我是多么失职呀。我尴尬地清了两声嗓子，严厉地说："谁多拿了试卷，站起来。"没有人站起来。我心中升起一股怒火，再次重复道，"谁拿了试卷，站起来。"教室里依然寂静无声，我用犀利的目光从孩子们的脸上逐个扫过。这时，那个一直被我倾注关爱的小男孩，慢慢地站了起来，在所有人的注视中他显得那么楚楚可怜。他的头垂得很低，缓缓地从桌肚里抽出一份卷子来。真是恨铁不成钢呀！我狠狠地瞪了他一眼，一下子夺过了试卷。

教室里又恢复了安静，同学们埋下头去，刷刷地做着题，只有那个小男孩仍然站在他的座位上。我没叫他坐下，心想，算是给他一个惩戒，让他记住，穷不可耻，真正不能容忍的是他的行为。

这最后一科终于考完了，我收齐试卷后，正要离开教室，却被同学们哗啦哗啦地围住了。我诧异地愣住了，站最前面的一个女生有些怯怯地说："老师，张波多拿卷子的事不要告诉校长，好吗？"她这一起头，其他同学也纷纷附和着："老师，您就原谅他吧……"这是怎么回事？我远远地望了望那个叫张波的男孩，他正站在座位上无声地抽泣着。

同学们七嘴八舌地向我解释："张波家穷，他有一个残疾的哥哥，不能正常走路。哥哥无法上学，却想读书，只有靠张波和同学们为他辅导。那张卷子就是给他哥留的……"

原来是这样，一张薄薄的试卷竟包裹着这样一份深厚的情谊。我感到眼前一片模糊，眼眶潮湿了，急忙用手去擦拭。那张多余的试卷将我的心压得分外沉重。我走到张波身旁，从试卷袋里将它抽了出来，轻轻地塞进张波的手里。

同年同月同日

小的时候，我与大我一岁的哥哥一同住在乡下的一个小村子里，就因为哥哥大我一岁，所以自小他就懂得让着我这个弟弟。

1970 年夏，我们哥俩一块儿到村里的小学读书。我们都很勤奋，成绩也一直很好。初中毕业后，我和哥哥一同考上了离家 40 多里的城里的重点高中。而哥哥却选择了离家不过 10 里路的一所普通镇办高中，理由是怕与城里的人相处不惯。我带着几分惋惜和不解，独自进了县城就读。

上高中后，每逢节假日我们兄弟俩相逢，我就向哥哥兴高采烈地报告我的好成绩，但是，当我偶尔问起他的成绩时，他却摇着头不太在乎地说："一般。"

1982 年夏高考结束后，我兴奋地捧回了大学录取通知书，而哥哥却名落孙山。望着哥哥痛苦的身影，我忍不住为他悲叹起来："唉，哥哥的命真不好！"

我去大学读书的那天，哥哥一直默默地将我送到十几里外的班车站。班车徐徐开动了，哥哥忽然跑上来透过车窗玻璃看着我，似乎要叮嘱我什么，但却没有开口。这时，我看见他终于忍不住哭了。我鼻子一酸，也哭了，一半为我们兄弟分别难过，一半为哥哥伤心。

望着哥哥那越来越小、越来越显得孤单的身影，我不禁又可怜起他来："唉，都怪他命不好，没有考上大学。"

后来，我从母亲的口中得知，父亲早就有了心脏病，母亲贫血，哥哥为了照顾家，当年才放弃了上重点高中的机会。

我上大学后不久，父母因病成了半个劳力，哥哥便挑起了家庭的担子。他每天起早摸黑在田里劳作，拼命地干活赚钱给父母看病、供我念书。此时我才意识到：若是哥哥真的也考上大学，就凭我们这样贫困的家庭条件，那也只能是一个也念不成大学。上大学第一次放假回家，看到累得瘦猴一般的哥哥，我很内疚，也很感激。可是，时间一长，我便没有了这种感觉，反而想，这都是命，这只能怪哥哥的命不好。若当初考进大学的不是我，而是哥哥，那么，现在在家受苦、供人读书的就是我了。大学毕业后，我被分配在省作协工作。

去年五月间，我回乡下老家去探亲。为了给一个朋友正读初中的儿子找一本复习资料，我私自打开了我与哥哥小时候合用的、现在放在家里由哥哥保管的旧书箱。书箱里，一摞摞的旧书摆得整整齐齐，箱子的角上，放着一叠哥哥念高中时得的奖状、三好学生证书等物。我好奇地看着。忽然，一张薄纸紧紧地牵住了我的视线，我变得目瞪口呆，脑袋嗡嗡乱叫起来，内疚、惭愧、感激与激动在心中交汇成巨大的洪流，海潮般地冲毁了多年以来一直筑在我胸中的自信与自豪的堤坝。我终于再也忍不住，泪如雨下。

我用颤抖的双手如捧珍宝一般捧着那张压着钢印、盖着鲜红印章的薄纸。虽已收藏多年，但在我看来那印章依然鲜红夺目。那是哥哥的一张“大学录取通知书”，录取他的是一所很有名气的名牌大学。录取时间居然与我大学通知单上的时间是同年同月同日。

姐姐的辫子

我4岁时父亲去世，6岁记事，那时候姐姐19岁。她有一对长及腰际、乌黑发亮的辫子。门前有块大石板，每天早晨姐姐都坐在石板上自豪而惬意地整理她的长发。那时姐姐已经有了婆家，姐姐和那小伙子的感情很好，他曾悄悄送给姐姐两对红绸带，姐姐剪下一缕头发，用绸带扎着给他作定情物。我常摇看姐姐的手问：“姐夫啥时来娶你呀？”每当这时就有一片红晕飞过她的脸，像天上的红云彩，美丽又动人。

婆家不愿再把婚事拖下去，托媒人来退亲。那天晚上姐姐一剪刀剪了辫子，长长的辫子软软地落在地上，我们呆呆地看着她，姐姐一把搂住我们说：“别哭，姐哪儿也不去，谁也不嫁。姐一辈子养你们，供你们。”从那以后，姐姐的辫子再也没有留长过，长一点便剪掉卖了，换火柴或是针头线脑。

姐姐硬是把二哥、三哥供到初中毕业，又硬是帮他们把媳妇娶进了屋。当我考上中专时，姐姐已经29岁。那年三哥刚刚娶了三嫂，家里一贫如洗，连告贷也无门了。报名前几天，姐姐只好挑了几挑粮食到粮站卖了，好歹才凑齐了学费。

在我们三弟兄的一致坚持下，姐在29岁时嫁给了一个单身汉。当短发的姐姐穿上嫁衣笑吟吟地从屋里走出来时，我突然想起姐姐在大石板上梳理的长辫子和她在砍柴时唱的歌，双眼潮湿了……

如今，我们三弟兄都有了幸福的家，姐姐也成了一个标准的农妇。她偶尔到我家里来，会背些农村的新米、鸡鸭之类的土特产。我曾经和她坐在阳台上，深情地回忆从前的岁月，感谢她对我们三弟兄的养育之恩，并长久地为她所失去的青春而痛惜。而姐姐满脸愧疚，一遍遍地检讨，那回二哥逃学不该打他，另一回三哥春游不该吝啬那一块钱使他没能去成，还有一回不该在朋友面前骂我伤了我的自尊……

前几年，城里的女孩在厌倦了披肩发、短发后，又追起结辫的时髦。但她们的辫子从形式到内容根本不能和姐姐的辫子相比。姐姐的辫子是首歌，不但记录了中国乡村的一个时代，而且能细细滋润任何一个现代人正在沙漠化的心灵……

分不开的紫荆树

长安城里，有一户人家，父亲带着三个儿子过活。不幸的是，有一天，父亲病重过世。老大田真拉扯两个兄弟慢慢长大成人。兄弟三人成年后，想到也该各自独立生活了，于是，便商量着分家另过。

三兄弟平日里相互友爱，情同手足，分家的事，大家毫无争议，所有的财产，统统分成三份。

院子里有一棵多年生的紫荆树却不知该如何分才能公平。三个人你看我，我看你，都没有了主意。大哥田真主动让给两兄弟，两兄弟谁都不肯独占这棵紫荆树。最后，实在没有主意，兄弟三人只好决定把树从上到下分成三截，每人取一段。这样的分法可谓公平分配，谁都没有意见。说好了第二天砍树分树。第二天，一大早，兄长田真提着斧子和锯来到院子里，抬头一看，愣住了——昨天还好好的一棵紫荆树，今天怎么像是要枯死的样子？叶子全都枯萎了，枝条也像被烧过一样，干裂粗糙。

田真连忙去喊两位兄弟，两兄弟随大哥来到院子里一看，也都愣住了。

这究竟是怎么回事呢？兄弟三个相对无言，木偶一样愣在那里。好一会儿，大哥田真突然拍了拍脑袋说："我想它是不是不愿意我们把它砍倒分开？"两个兄弟也似有所悟地喊道："不错！不错！一定是这么回事。"田真对两兄弟说道："两位兄弟，看了这紫荆树的变化，难道我们不觉得伤心和惭愧吗？这棵紫荆树在我们家院子里生活了几十年，它亲眼看着我们兄弟三个长大成人。它不愿意把同根生长的根茎、树干和树梢分割开来，所以听了我们砍树的想法便很有灵性地表现出它的伤感，从而也教育我们同母所生的亲兄弟如同手足不可分割。"

三兄弟至此不再想分树的事，连家产也不分了，大家和和气气地生活在一起。紫荆树也奇迹般地恢复了生机，比以前长得更加繁茂。

不肯放下的小木梯

我和弟弟年纪相差很近。小时候，两姐弟总爱打架。弟弟长得很矮小，很长一段时间里，我都比他高出很多，便总想声色俱厉地压制他。弟弟不服，两人常扭做一团。到底我个子高，力气大，打了弟弟几拳便跑。

那时候，我们家还是住在一座大宅院。通往阁楼的地方架着一架小木梯。每次打了弟弟后，我便冲向木梯，迅速爬上小阁楼，再转身将木梯提起来。弟弟站在下面够不着，干着急。

"来呀，有本事就上来呀，来打我呀！"我得意地冲着他嬉皮笑脸，还故意将小木梯一晃一晃。"跳上来啊，谁叫你这么矮，长大了肯定老婆都娶不到，看你当和尚去……"

弟弟气得脸通红，瞪大两眼愤怒地望着我。在他心目中，娶不到老婆是最丢人的，我偏用这一点气他。

妈总是骂我："你看你，哪有一点做姐的样子？""我为什么要有做姐的样子？"我愤愤不平地朝妈大嚷，随即瞪着眼睛看弟弟。弟弟也不甘示弱，使劲瞪我，两姐弟像两只斗架的公鸡。这样打打闹闹，一晃就是十来年。弟弟考上市立中专，正临近毕业。而我也如愿考上梦想中的省重点学院。走的那天，弟大揽大包帮我提着行李走在前头。我忽然发觉当年那个和我打架的矮小子长大了，不知何时已高出了我许多。那头黄的短发已变得浓密而又乌亮。这就是当年那个站在木梯下跳着脚和我骂架的小男孩吗？

车要开了，弟弟从窗口边递行李边笑着叮嘱：“姐，好好读书，我领了工资资助你。”我的鼻子有点酸，望着弟弟用力点头。

弟弟毕业后，分在机关工作，离家不远。我常笑他没有出息，既不想考大学，也不知道出去闯闯。要是我毕业了，无论如何都不会回那么偏远的小城。弟弟只笑笑，从不反驳我。一年里，两姐弟见面的机会很少，说话都没时间，哪还有时间拌嘴。弟弟带我去外面玩，挤车买票都是他打冲锋，我只管空着双手跟在后面。

远在深圳的舅舅来给爸妈拜年。弟弟对舅说：“我真想上大学，可我要供我姐读书，我姐很有才气，将来会有出息的。我也想去深圳闯闯，可我不放心爸妈，父母养大我们不容易……”

我躺在隔壁看书，听到他的话愣住了，既而泪水顺着脸颊簌簌流下……

接到弟弟的汇款单，我跑到足球场大哭了一场，然后拨通他的电话。“姐，天冷了，你自己去买件厚点的衣服穿吧。”弟弟的声音很近，仿佛只隔着一层窗纸，泪水再次涌出我的眼眶。

真希望时光能倒回从前，那样的话我一定会放下小木梯……

婷婷和兰兰

凤溪中学是柳安县唯一的一所重点中学，据说今年开办一个初中实验部，以全封闭模式全面实行素质教育，是第一次股份制办学。今年首届招收择校生，收费昂贵，什么资助费、培养费，再加上住校、用餐、学杂、代管、服装等等杂七杂八的费用，算下来三年初中没有40000元就别想进。所以招生简章一出来，便在柳安县的角角落落里炸开了锅，骂娘的、叹气的、兴奋的，说啥都有。不过现如今为孩子的前途舍得投入的还真不少，何况，这是全县唯一的重点中学啊。这不，报名的结果大大出乎校长的意料，原打算招生150名，结果报名人数却达到了近400名，还有那些学习不好的孩子的大款老爸在不断地央求校长，把校长也弄得焦头烂额，最后决定通过笔试、口试、特长三场考试，从文化到综合素质全面考核来择优录取。

话说这柳安县有个崇安镇，这崇安镇原是县属一个小乡镇。镇上有一对双胞胎姐妹，姐姐叫汪婷，妹妹叫汪兰。这姐妹俩绝顶的聪明，从小学一年级到六年级，学习成绩总是全镇数一数二的：姐姐汪婷是个数学尖子，参加大大小小的数学竞赛总能很争气地抱回一个大奖状，被人戏称为未来的理科状元；妹妹汪兰是个语文尖子，常有文章被刊发在各类校园刊物上，被人戏称为未来的文科状元；老爸老妈在村东头开了一家小小的羊毛衫厂，日子虽过得算不上大富大贵，但也还顺畅。都说水往低处流，人往高处走，眼下有了这么好的机会，父母便商量着无论如何不能放弃。供一个孩子上这样的学校，对他们这样的家庭来说，原本不在话下，可眼下要供两个孩子同时上这样的学校，却也着实有些为难，可看着这俩孩子都不错啊，你让谁去谁留呢，父母为这事伤透了脑筋。他们最后商量，让她们都报名参加考试再作决定，期望着让老天爷来决定两姐妹的前程命运。

不料，老天像与他们开玩笑似的，不久，两姐妹都蹦蹦跳跳、哼哼唱唱地捧回了大红烫金录取通知书。看着她们两个围着自己又是笑又是叫的高兴劲，做父母的哪里还忍心说出那句决定俩孩子前程命运的话来？这下可咋办呢？

这天晚上吃过晚饭，老爸对俩孩子说："婷婷、兰兰，爸妈有事跟你们商量呢。"

于是一家人围坐在桌子边上，老爸老妈是大眼瞪小眼，迟迟无法开口，两聪明的孩子也是你望着我，我望着你，心里早已明白了七八分，两张灿烂的笑脸都僵僵地变成了哭丧的脸。僵持了约半个小时，爸爸终于开口说出了两人只能去一个的决定。两个女孩儿沉默着，屋里一下静了下来。这时，妈妈想出了抓阄定前途的主意。姐姐婷婷一听，首先跳起来说，"好，我举双手赞成"，说着，立即一股风似的跑到里间用小刀子裁了两张白纸，一张交给妹妹，一张自己拿着说："呶，咱俩一人写一个字，你写'去'字，我写'留'字。"说着，也不等妹妹说话，就先背过身去写了起来。然后，迅速地折成一个小方块，接过妹妹手里的小方块，双手合在一起抖动一下，往空中一抛，两个纸方块就徐徐落在桌上。妹妹刚伸手去捡，姐姐以迅雷不及掩耳之势抢先一步捡起了其中的一张，爸爸妈妈看着婷婷的举动，不由皱了皱眉，妹妹一看姐姐的态度，眼睛只往桌上瞟了一眼，便不满地扑过去，一边抢姐姐手里的那方小纸片，一边嚷着："不行，婷婷一定作弊了。"婷婷不由自主地把手伸到了背后，一边往后退一边说："我没有，你先看了那纸再说啊。"

兰兰哪里肯作罢，抓住姐姐的手拼命地往前拽，眼看两人就要扭打起来，爸爸大喝一声："婷婷！"

婷婷涨红了脸，委屈地流着泪把小纸片交给了父亲，说："是，我是做了手脚，在纸背后四个角上用钢笔轻轻地点了四个你们不易看出的小圆点，可是，你们看看，这是什么字啊，是'留'啊！"

一家人一听都呆住了，爸爸接过纸片一看，果然是一个"留"字，翻过背面，四角果然有四个不易察觉的小圆点。不觉惊讶地问："你为什么要这样做？"

婷婷这才抹了把泪，说出了原因：虽然她也十分渴望能上这所县重点，但她又觉得自己将来有希望凭自己的实力考上重点，只要自己努力，将来考清华也没问题的；而妹妹除了语文突出，其他方面都不如自己，但妹妹却有一个特长——跳舞特棒，听说那所中学里有舞蹈房还有专门的舞蹈老师，还听说将来考大学特长可以加分，所以她决定把机会让给妹妹。听了婷婷的话，妈妈激动地一把搂住了婷婷。

谁知这兰兰一听却跳了起来，大声抗议："不行，我不要你让，你比我更有希望，更有前程，这么好的机会你不能放弃。"

大家一听，又糊涂了，这兰兰是怎么了，既然姿态这么高，刚才为什么还拼命抢呢？

兰兰这时也涨红了脸，说自己也作了弊。原来她在那张写了"去"字的纸上也用笔尖在四角戳了几个小小的洞，别人不细看，自然看不出，而自己一眼就能看出。她继续说："婷婷数学那么好，而我见了数学就头疼，数学比语文难多了，我听说县里那所重点中学就是最注重理科的，所以还是姐姐去更好。"

两姐妹互不相让，老爸老妈一听又举棋不定了，这件事可怎么了结呀。

这时家里的电话急促地响了起来，婷婷跑过去拎起电话一听，高兴得一下子蹦了起来，嘴里高呼着"哇噻，太棒了"！

原来，这电话是数学老师江水强打来的，告诉她一个喜讯：她在前不久的全国数奥比赛中获得了一等奖，根据这次凤中的招生优惠政策，获得这项殊荣的考生可以免除资助费和培养费两万元。

寄往天堂的问候

一年一度的轮回又到了泪雨纷飞的清明节。

从花店出来，我与妹妹到了山的那边，我挑选了一束洁白的兰花，花瓣上的水珠在旭日晨光下闪着微光，散发着清雅幽香的气息。我想生前酷爱兰花的弟弟一定会喜欢的，因为，兰花清亮、高雅、纯洁、孤傲的气质很像弟弟生前的性格。

四周习习的凉风缓缓地在身边游移，山路不算长，我却陷入了那痛彻心扉的回忆……泪水就像那沥沥的细雨从脸颊不停滑落。三年前，永远无法忘却的、不堪回首的一幕：那个除夕的早晨，刺骨的寒风伴着冷冽的小雪，在医院的抢救室里，我抱着弟弟那还有点温热的身体，久久地、久久地不想放开，任由他的身体慢慢、慢慢地变冷变硬，我还听见那震天撼地、悲痛欲绝的哭泣……

这是怎样的一种刻骨铭心的记忆……

三年来，为什么每次在我梦中出现的弟弟，总是无忧无虑的童年模样？真的是人们所说的“日有所思，夜有所梦”吗？我们童年的那些难忘趣事，为什么我至今还记忆犹新？曾记得，那时候的农村是很难放映一次电影的，为了看一场在打谷场上公演的电影，你逃出了学校的文宣队，那天晚上学校文宣队要到驻地部队联合汇演文艺节目，我却帮忙把你藏在稻草堆里，让学校的老师、妈妈和同学到处找不到你，害得文宣队的那段精彩的文艺节目不能正常演出。第二天，你受到了老师的严厉批评，遭到妈妈的痛骂和同学的指责……

那时候的我们是那么顽皮和幼稚！

忘不了，我们小时候的每个寒暑假，爸爸总是把我们俩送回他的故乡，那座悠久而古老的大桥，是我们熟悉和曾经牵手走过的路；那条涓涓流淌的河流，是我们和堂兄姐弟一起游闹戏水的地方。在夜幕降临的夏夜，我们就在那座大桥上，跟故乡的小朋友们一起捉迷藏、玩游戏，或者倚在大桥的栅栏眺望着那湛蓝的美丽星空，吟诵那些“月是故乡明”的诗句……

山道弯弯，弯弯山道，我已经清晰地看到那萋萋芳草丛中的墓碑上镌刻的名字。来到了弟弟的身边，俯下身，将鲜花放置在弟弟枕边。心像雨水滴落在湖，层层荡漾。始终没有一种办法让我知道，那个地方是什么样的，下雨的日子，能不能听到花开的悲叹；天晴的时候，能不能看见大地云散雾开的笑脸？那个世界是否也有春天里悠扬的琴声、夏日的歌谣、秋天的童话和腊月的寒梅？

一直以来，人们都习惯于把那个世界称为“天堂”。

弟弟，那个地方真是天堂吗？你在天堂过得好吗？

野樱桃

“哥哥，樱桃！”

那双小手一粒一粒地挑着樱桃喂给我吃。小妹兴奋不已，小脸被野刺划破好几道血痕，心爱的小布衫撕了几道口子。她看我吃得挺舒心，竟嘻嘻地笑了。

我忽然记起小妹也爱吃野樱桃，五六岁时常缠着我要。我说：“你上过山顶吗，好高好远哩，路上有坑坑坎坎，有刺条、乌梢蛇……你不怕吗？”小妹摇摇头，表示她的勇敢。因家境困难，小妹只读两年书就辍学了，劳动中她练就一身胆量，能像小猫一样地爬树。我觉得对不起她，就说：“你也吃嘛。”小妹坚决地摇摇头。小妹天天跟大人出工干活，帮妈做饭，打猪草，喂牛羊。我读高中，上大学，继而在市里中学教书。小妹很关心我，常常捎来桃子、梨子……春天还捎话叫我回家去吃野樱桃。

“今年的樱桃结得好稠啊，这东西捎带不得，哥回来吃个够吧！”

小妹要出嫁了，到40里外的婆家去。正是暮春时节，父母拍来电报，要我赶回去送送小妹，但我因为忙于组织毕业复习误了时日。算来今天是小妹回门的日子，总能见到她。但等我叩响家门，妈却告诉我小妹刚走两小时。妈妈说：“小妹走时全村人都来送她，可她哭着不走。她等你哩，她想你哩！”惹得我落了眼泪。小妹去的那条山路，消失在天边高高的山坳，我没有找到小妹的身影。妈妈还告诉我，小妹摘了一篮樱桃，用上好的泉水泡着，说：“哥哥这次该回来哩！”

我没赶回，樱桃也就坏了。我从此再也吃不到小妹摘的野樱桃了。我冒着细雨上山，去寻小妹的樱桃树。那些树上好像还留有小妹的温情，带露的樱桃格外地鲜亮，像小妹幼时的脸蛋。那碧绿的叶儿上滴落的雨水，就像小妹多情的泪珠。我摘一颗放进嘴里，好甜好甜哟，但也略略有点儿酸味！

深夜那盏灯

那一年的春天，我被一场飞来车祸轧断了腿，造成粉碎性骨折。医生说，治愈的希望很渺茫。除了整天瞪着天花板挨着以泪洗面的日子，我还能做什么呢？

在小学教音乐课的姐姐给我抱来了高中课本，默默地放在我枕边，我怒气冲冲，一股脑儿地将它们撒了一地，姐姐弯下腰，一本一本拾起来，大滴大滴的泪水从她眼睛里涌出来，我忍不住失声痛哭。

一天夜里，姐姐突然推门进来，把我扶起，指着对面那栋黑黝黝的楼房，激动地说："弟弟，瞧见那扇窗子了吗？三楼，从左边数第二个窗户？"她告诉我，里面住着一个全身瘫痪的姑娘，和她的盲人母亲相依为命。姑娘白天为一家工厂糊鞋盒，晚上拼命地读书和写作。她才17岁，就已发表了十几万字的作品……看着那扇窗子的灯光，我脸红了。

"弟弟，拿出勇气来呀！"

打那时起，那扇窗口的灯光时时陪伴着我。只要能看到那束柔和的灯光，我就不由自主地拿起枕边的课本。在一个大雨滂沱的下午，姐姐为了抢救一名落水儿童不幸牺牲了！噩耗传来，全家人悲痛欲绝。夜幕降临，凉风习习，我躺在床上，辗转反侧，泪流满面，突然，一束灯光柔和地射到我脸上，我心里倏地起了个念头：我想见见那姑娘，把姐姐的故事讲给她听，还要……还要感谢她夜晚的灯光，伴我度过了这个难熬的季节。我拄着双拐，跌跌撞撞地爬上了那幢楼，轻轻地敲响了门。没有回音，我使劲敲了敲它。对面的房门打开了，一位慈眉善目的老太太上下打量着我说："小伙子，别敲了，那是间空房。"我呆住了。

"……从前我儿子住在这儿，后来他调走了，这间房一直空着。两个月前，一个长辫儿姑娘租下了，可说也奇怪，她并不在这儿住，只是吩咐我晚上把电灯拉亮，第二天早上再把灯关掉……"

我突然扔了双拐，跌倒在那扇门前，失声痛哭起来。耳畔似乎又响起姐姐那叮咛的声音："弟弟，拿出勇气来呀……"

角　色

为了募捐，主日学校准备排练一部叫《圣诞前夜》的短话剧。告示一贴出，妹妹便热情地去报名当演员。定完角色那天，妹妹一脸冰霜地回到家。

“你被选上了吗?”我们小心翼翼地问她。

“选上了。”她丢给我们三个字。

“那你为什么不开心?”哥哥壮着胆子问。

“因为我的角色!”

“你的角色是女儿?”“不对!”“是母亲?”“不是!”《圣诞前夜》只有4个人物：父亲、母亲、女儿和儿子。我担心地问：“不会是让你演儿子吧?”“不是，他们让我演狗。”说完，妹妹转身奔上楼，剩下我们面面相觑。妹妹有幸出演“人类最忠实的朋友”，全家不知是该恭喜她还是安慰她。饭后爸爸和妹妹谈了很久，但他们不肯透露谈话的内容。总之，妹妹没有退出。她积极参加每次排练，我们都纳闷，一只狗有什么可排练的?但妹妹却练得很投入，还买了一副护膝。据说这样她在舞台上爬时，膝盖就不会疼了。妹妹还告诉我们，她的动物角色名叫“危险”。我注意到，每次排练归来，妹妹眼里都闪着兴奋的光芒。然而，直到看了演出，我才真正了解那光芒的含义。

演出那天，我翻开节目单，找到妹妹的名字：珍妮……危险（狗）。偷偷环视四周，整个礼堂都坐满了，其中有很多熟人和朋友，我赶紧往坐椅里缩了缩。有一个演狗的妹妹，毕竟不是件很有面子的事。幸好，灯光转暗，话剧开始了。

先出场的是男主角“父亲”，接着是“母亲”上场，然后是“女儿”和“儿子”，一家人正在聊天，妹妹穿着一套黄色的、毛茸茸的狗道具，手脚并用地爬进场。但我发觉这不是简单地爬，“危险”（妹妹）蹦蹦跳跳、摇头摆尾地跑进客厅，她先在小地毯上伸个懒腰，然后才在壁炉前安顿下来，开始呼呼大睡，一连串动作，惟妙惟肖。很多观众也注意到了，四周传来轻轻的笑声。

接下来，“父亲”开始给全家讲圣经故事。他刚说到“圣诞前夜，万籁俱寂，就连老鼠……”时，“危险”（妹妹）突然从睡梦中惊醒，机警地四下张望，仿佛在说“老鼠？哪有老鼠？”，神情和家里的小狗一模一样。我用手掩着嘴，强忍住笑。

男主角继续讲：“突然，一声轻响从屋顶传来……”昏昏欲睡的“危险”（妹妹）又一次惊醒，好像察觉到异样，仰视屋顶，喉咙里发出呜呜的低吼。太逼真了，妹妹一定费尽了心思。很明显，这时候的观众已不再注意主角们的对白，几百只眼睛全盯着妹妹。他们的对话还在继续，妹妹幽默精湛的表演也没有间断，台下的笑声更是此起彼伏。

那晚，妹妹的角色没有一句台词，却抢了整场戏。后来，妹妹说让她改变态度的是爸爸的一句话：“如果你用演主角的态度去演一只狗，狗也会成为主角。”

40 年后，我仍然记忆犹新。命运赐予我们不同的角色，与其怨天尤人，不如全力以赴。再小的角色也有可能变成主角，哪怕你连一句台词也没有。

最贵的项链

店主站在柜台后面，百无聊赖地望着窗外。一个小女孩走过来，整张脸都贴在了橱窗上，出神地盯着那条蓝宝石项链看。

她说：“我想买给我姐姐。您能包装得漂亮一点吗？”店主狐疑地打量着小女孩，说：“你有多少钱？”

小女孩从口袋里掏出一个手帕，小心翼翼地解开所有的结，然后摊在柜台上，兴奋地说：“这些可以吗？”她拿出来的不过是几枚硬币而已。

她说：“今天是姐姐的生日，我想把它当做礼物送给她。自从妈妈去世以后，她就像妈妈一样照顾我们，我相信她一定会喜欢这条项链的，因为项链的颜色就像她的眼睛一样。”

店主拿出了那条项链，装在一个小盒子里，用一张漂亮的红色包装纸包好，还在上面系了一条绿色的丝带。他对小女孩说：“拿去吧，路上小心点。”小女孩满心欢喜，连蹦带跳地回家了。

在这一天的工作快要结束的时候，店里来了一位美丽的姑娘，她有一双蓝色的眼睛。她把已经打开的礼品盒放在柜台上，问道：“这条项链是从这里买的吗？多少钱？”

“本店商品的价格是卖主和顾客之间的秘密。”

姑娘说：“我妹妹只有几枚硬币，这条宝石项链却货真价实。她买不起的。”

店主接过盒子，精心将包装重新包好，系上丝带，又递给了姑娘：“她给出了比任何人都高的价格，她付出了她所拥有的一切。”

哥哥的恩情如何报答

领到第一个月的工资，我就迫不及待地赶到乡下老家，推开大哥的门，第一句话就是：“哥哥，我领到工资了。”说完，把这个月的工资悉数交给大哥。大哥颤抖着手，接过那些崭新的钞票，数了数，对我说：“好兄弟，你终于成人了，有出息了。”说完，把那些钱递给我。我说：“哥，这些钱是我孝顺你的。”“这是什么话，哥哥怎能用你的钱。你自己留着，以后你的日子还长着呢。”说完，大哥硬生生地把钱塞给我。

我拿着大哥塞来的钱，扑通一下跪到地上，给大哥磕了三个头，流着泪对大哥说：“大哥，我一定好好攒钱，把你如同父亲般养起来。”

在我小的时候，父母相继去世。母亲走得晚，她在临走的时候，拉着我的手对大哥说：“你是老大，弟弟妹妹以后就全靠你了，你一定要把他们养大成人。”哥哥含着泪答应了。当时我 5 岁，姐姐 8 岁，大哥才刚刚 14 岁。从此，哥哥辍学在家专门照顾我们俩。

14 岁的孩子从此挑起家庭的重担，门里门外地忙活着。过了两年，姐姐不知道得了什么病，半夜发烧凌晨就死了，从此，我和大哥相依为命，大哥一直把我当作孩子般抚养。

我到上学的年龄了，大哥求爷爷告奶奶地把我送到学校，一再嘱咐我：“弟弟，一定要好好学习，哥哥拼了命也要让你把学习搞好。”说完，大哥搂着我痛哭起来。那时我还小，无法体会大哥的心情，后来我才知道大哥是多么羡慕我，因为他无法完成他的学业。

上小学二年级的时候，那天放学回家走到半路就感到我的腿难受，勉强回到家里双腿已不能动了。在地里干活的哥哥知道消息，立马回到家中，用手按摩着我的双腿，一个劲地问我：“弟弟，弟弟，你这是怎么了？”说完，一下把我背到了乡医院。医生看完摇摇头，告诉大哥，他也不知道我到底得了什么病，建议把我送到大医院看大夫。说的容易做着难啊，大哥把家里所有值钱的东西变卖掉，才勉强凑够我们俩的路费。看看手里这点可怜的钱，大哥二话没说，背上我徒步进了城。80 多里的山路，瘦小的大哥硬是走了接近一天。好不容易到了县医院，大夫看完仍是摇摇头。大哥扑通一下跪在大夫面前，哭着央求大夫，希望他们想想办法治好我的病，大夫还是摇头。大哥无法，只好又把我背了回来。

到家后，大哥四处打听各种偏方，希望奇迹能够出现。好心的老乡也到处帮着大哥打听，一时，我家里竟积攒了许多治病的偏方，有了偏方没有药也是白搭，大哥又开始学着上山采中药回来为我治病。同时，为了不耽误我的学习，他每天早晨把我背到学校，然后一个人上山，等下午从山上回来的时候再赶到学校把我背回家。

我不知道大哥为了给我采药吃了多少苦，只知道每次看到他来学校背我的时候，脸上、身上总是青一块紫一块的，有时还会一瘸一拐地走来。我曾多少次哭着对大哥说："哥哥，我不治了。"大哥总是生气地对我说："别说傻话，哥哥还指望你以后有出息呢。"

一次，大哥不知道从哪里打听到一个偏方，说是治我这种病特别管用，不过那种药材特别难采，只有离我们这里 50 多里的深山里才有，而且常常生长在背阴处的悬崖上。大哥马上问清楚那种药的特征、长相，然后把我托付给一个邻居，一个人只身去了那座深山。3 天后，大哥回来了，高兴地举着刚刚采来的药材对我说："弟弟，你看，哥哥把药采回来了，这下你的腿有治了。"说完，一瘸一拐地去熬药。哥哥转过身的时候，我看到他的裤腿紧紧地和腿贴到一起，等大哥把药熬好端着进房的时候，我一把拉住大哥："哥哥，你把裤腿挽起来我看看。"大哥一个劲地后退，说："这有啥看头。"我攥住大哥的手不放，坚持让大哥把他的裤腿挽起来。大哥看看我，只好把裤腿挽了起来。在大哥的腿上有一个伤疤还在滴着血。我一下子哭了，把大哥递给我的药碗一推，对大哥说："我不吃这些药了，我的腿也不治了。"大哥听我说完这些话，"啪"的给了我一巴掌。这一巴掌把我和大哥都打愣了。大哥的眼睛里流着泪呆在那里半天没有说话。我也流着泪发着呆。不知过了多长时间，大哥才醒过来一般，过来拉着我的手，对我说："好弟弟，既然大哥答应了母亲要好好照顾你，大哥一定不会让你受委屈。只要你的腿好了，能够自己走了，哥哥就会轻松许多。那时，你好好读你的书，哥哥好好侍弄地里的庄稼，没有几年我们就会过上好日子的。"听了大哥的话，我趴到大哥的怀里痛哭起来，一边抽泣着一边对大哥说：“大哥，都是我不好，拖累了你。”大哥拍拍我的后背说：“傻弟弟，你这是说的啥话，我们是亲生的哥俩。”说完，把药碗端过来拿到我的嘴边：“来，弟弟，听话，把药喝了。哥哥希望你的腿早些好起来。”我一仰头把药喝了进去。

这个偏方还真的管用。我喝了一个多月，腿上便有了感觉。看到我的病有了起色，大哥好像比我还要高兴，从此他经常跑五十多里的路去给我挖那种草药。一次，大哥又进了山，他没有按照约定的时间回来，又过了一天，还没有回来，我央求那位每天背着我上学的邻居喊上几个人去找我大哥。他们出发后的第二天回来了，是把大哥背回来的。原来大哥为了给我采药，爬到一座悬崖上，一不留神，从悬崖上掉了下来，跌到一个大坑里，昏迷了两天。直到村民找上去，才把大哥从悬崖中救出。

隔代爱深似海

一个人被那些由自己抚育的孩子围绕、疼爱、温存，对他说有趣的话，使得被冷落的心重归温暖，使得一切都受到安慰，那么这时候，老境始终是甜美的。

——〔法〕莫泊桑

绕不过去的路

世上的路千万条，但是，有些路是绕不过去的，是不能不走的。

小时候，爷爷经常带我去走亲戚。走亲戚，意味着能够吃上几顿比家里好得多的饭菜。这是爷爷对我的曲线疼法，使我得到许多实惠的慈爱。

爷爷经常去盘富村的那一家亲戚。不过，我并不爱去，因为必须经过一条七弯八折的厝弄，弄子两旁住的是猎户，养着好多凶猛的猎犬，那些猎犬帮助主人猎获过很多野兽，也给主人惹来不少麻烦——咬伤过好多陌生人——我害怕那些猎犬。

毕竟爷爷老了，爬山越岭，母亲不放心，叫我陪爷爷去，我岂敢说不。

在我踌躇之际，不知从哪里传来一阵螺号声，这是狩猎的号子。爷爷举起拐杖指着后山说："猎犬都在那呢，不要害怕了。"

我顺着爷爷指的方向望去，隐约可见几个猎人正在管茅和芒箕丛生的山上，仿佛泅在水里围追着什么，猎犬异常兴奋的狂吠此起彼伏，一浪又一浪地滚到我们的耳边来。

真的不用害怕了。

我又蹦又跳地走在前面。爷爷拄着拐杖，不紧不慢地走着，离我越来越远。我很快就到了那弄口，也许是条件反射，我停了下来，回过头，看看爷爷走到哪里了。看着爷爷慢吞吞的样子，我没有耐性等，便蹑起脚，试图像猫一样无声无息地通过那条恐怖的弄子。我才走进弄口几步，天哪，一声沉闷的恶吠，像平地惊雷，直轰我的耳根！我惊叫起来，仓皇四顾，不见一个人影。我家曾经养过母狗。我知道，这是一条正在哺乳的母狗，恶吠是它护仔的威严警告，哺乳期的母狗是最敏感的，也是最凶猛的，遇上这种狗是不能跑的，你越跑，它就追得越凶，而逃生的本能驱使我拔腿跑了。惊恐的我，跌跌撞撞地跑了几步，一条瘦瘦的黑狗摇摆着两排略显苍白的乳房，狂风似的呼啸过来。我双手抱头，双目紧闭。它先在我的右臀猛咬了一口。幸好那时正值隆冬，我穿了两条打了补丁的裤子，臀部的补丁又密又厚——狗的利牙没能深入我的细皮嫩肉，它很不甘，又倏地爬上我的背，企图把我按倒，然后再慢慢地咬。我又哭又喊，身体左摇右甩，可怎么也挣脱不掉抓住我肩膀的狗。幸亏爷爷闻声赶到，猛击一杖。我只听到“咯”的一声钝响，狗便翻了下来。

爷爷得意地说：“打中的正是狗的最致命的部位——鼻梁。”那狗趔趄着爬起来，垂头丧气地走进一个楼梯脚下的旮旯里。

爷爷搂住我，让我的脸贴着他的胸口，又是呼儿又是唤命，连连说：“不用害怕，没被咬伤就好。”

爷爷牵着我继续走，他自言自语：“想不到这里还躲着一条产仔的母狗。”

“我又不伤害小狗，它凭什么那么咬我？”我问。

“凭什么？凭它对小狗的疼爱呀。”

“所有的母狗都这样吗？”

“是的。”

“我以后再也不走这条路了！”

“孩子，人一生在路上，难免会遇到这样那样意外的事情，为了一个目标，有些路你不能不走，没有别的选择啊。”

我一知半解地点了点头，爷爷笑了。我很少见到爷爷这样的微笑。

后来，我独自多次从那条弄子穿过。弄子两旁住的还是那些猎户，还有好多猎犬。只是我不再穿有补丁的衣裤，而是像爷爷那样，拿了一根拐杖，雄赳赳、气昂昂而不是畏首畏脑、缩手缩脚地走着；那些猎犬好像识相了，一般只在远远的地方狺狺狂吠，只有一二条追逐过来，甚至狂吠着尾随到弄子的尽头——当然，没有一条胆敢逼近。

该走的路，就大胆走吧。

爱，是重复的琐碎

外婆，一直照顾着我的生活。外婆的身体里，好像装了一只上了发条的闹钟。无论春夏寒暑，落雨下雪，凌晨4点她准时醒来，起床，麻溜地收拾干净自己，打扫屋子，打理花草。然后，拎着竹篮，步行去菜场买菜。

大约6点半，她满载而归。一进门，第一件事，就是蹑手蹑脚，蹲在我床边，轻轻唤醒睡梦中的我，柔声细语、无比开心地说：“麦乖乖，外婆今儿买了你最爱吃的红菱角咧。”或者炫宝似的端个小盆，眉开眼笑地说，

“宝宝，看，活蹦乱跳的江虾哎，让我买到了。我宝宝真有口福。”

一年 365 天，外婆天天就这样，让我第一个分享她的得意收获、意外成果，期望给我带来一天的欢愉和惊喜。然而，那一刻的我，睡意正浓，梦境正香，非但没有半点儿兴奋和感激，有的只是满心的厌烦和不屑。甚至暗地里把外婆比成夏日树梢上不眠不休、制造噪音的知了。可外婆全然不管，日日如故，将“聒噪”坚持了十几年。直到我读高中，离家住校。

公交车停靠站离我家仅有 50 米左右的距离。周末，我像猴子一样从车厢里跳出来，偶然一抬头，瞥见这样一道风景：五楼一户人家的窗户，一扇玻璃窗拉着，窗台上，趴伏着一颗发如雪、鬓如霜的脑袋。浑浊、昏花的老眼，在陡一见到我的刹那，波斯猫一样熠熠发亮，咧开豁牙的嘴，远远地冲我一笑，旋即转头，对着屋内大喊：“快，我的麦宝宝回来了。”

当我准备离家返校的半个小时内，耳朵像塞了 MP3 的耳塞一样，反反复复重复着一首“歌”：“麦宝宝，在学校要吃饱，晓得不？”“和同学好好相处，有人欺负你，就报告老师，晓得不？路上千万小心车，晓得不？一到学校，就给家里来个电话，晓得不？”“哎呀，晓得，晓得啦。”我有口没心，皱眉蹙额，企图用应答作为阻止，阻止她的重复和喋喋不休。那一道“风景”，这一首“歌”，重复了七八年，直到我工作，有了孩子。

然而，有一天，这重复的风景和叮咛，戛然而止。外婆，走了。我在思念中才豁然明白：长辈的爱，就是无数个日子里，一个一个平常、繁琐、絮叨的重复，以至于我们觉得空洞、单调、无味而漠然视之。失去以后，才恍然惊觉：这重复的种种，其实是人世间最无私、最深切、最伟大、最浓郁的爱。

良药苦口

初见他时，5 岁的她吓得一下子躲在了爸爸的身后。他胡子拉碴，样子凶巴巴的，一点也不像别人家的爷爷慈眉善目笑眯眯的。而且他看见她就骂：“没出息的小东西，躲什么躲，给我大大方方站出来！”就从那一刻起，她极其厌恶这个和她一样姓陆的老头。爸爸妈妈离婚了，爸爸把她送到了乡下的他身边，她将和他一起生活很多年。爸爸要走时，她大哭着抱住爸爸的腿，她要跟爸爸回城。他不耐烦了，高声叫着让爸爸快走，然后伸出铁钳一样的手拎着她的耳朵，像拖只小狗一样把她硬拽进房间，任凭她哭得声嘶力竭。

她觉得太委屈了。晚饭的时候，他把一碗饭放在她面前，她赌气扭过头。他一句话都不说，毫不犹豫就把饭收了起来。半夜里她肚子咕咕叫，她小声地说："我饿了。"他翻了个身，不理她继续睡。她又带着哭腔大声地喊："我饿了！"他腾地坐了起来向她吼道："吃饭的时候你干吗去了？饿死活该！"吼完重新躺下，马上就发出了鼾声。

她饿得再也睡不着，她从来不知道饿肚子有这么难受。她咬着手指头迷迷糊糊中熬到天亮，等他做了早饭，狼吞虎咽一口气吃了两大碗。那糙糙的还夹杂着谷壳的大米饭真好吃啊，比自己家里买的泰国米还要香。从那以后她再也不敢肆意哭闹，也不敢挑食了。她从小不爱说话，不喜欢叫人。但她漂亮得像个洋娃娃，人见人爱，大人们都不忍心责怪她的羞怯胆小，只说女孩子文静一些也好。但他不依，他说："我们陆家没有哑巴，多说几句话没人会割你的舌头！"他给她规定，每天和他至少要说 20 句话，并且这 20 句不能重复，不然不给饭吃。于是她每天都绞尽脑汁地想啊想，到了最后只有看见什么说什么了。但他还是很苛刻，比如她说："天上的云好白。"他就会拿大烟袋敲着桌子喊："说清楚说清楚！它白，有多白？白得像什么？"她回头看见了他晒在门口的棉花，接着说："天上的云好白，像棉花一样。"他这才嗯了一声，让她继续下一句。

慢慢地，她可以轻松地应付他了。她以为终于可以歇一歇，他却又有了新规定：让她去村里串门，主动和那些陌生的大人小孩说话。

她不依。他二话不说，一巴掌就甩了过来，她的脸上立刻浮起了五个清晰的指印。她摸着疼痛的脸，哭哭啼啼地屈服了。

有一次她假装出门，偷偷溜到一个无人的草垛边想躲一下午。可是一转身她就尖叫起来，因为她看到了他。他就站在她身后，黑着脸恶狠狠瞪着她。她当然不敢再耍滑，挨着顺序一家家地去接触。起初是硬着头皮完成任务，后来她开始喜欢上这样的交流方式。她不再害怕陌生人，也慢慢活泼快乐起来。

上小学了。

让她开心的是，刚上一年级她就被老师选为了班长。虽然她的个子有些矮，排队老站在前头。当班长多威风啊，她觉得自己真了不起，这样了不起的人，绝不能给别的同学看低了去。所以上课时她永远是举手发言最积极的一个，作业永远做得一丝不苟。

于是，班长的位置，也就一直顺着年级坐了下去。他却从来不表扬她。她考试考了100分在他面前洋洋得意时，他总是一脸怀疑地问："抄的吧？"看她着急辩解，他就会变魔法似的拿出一本书来，哗啦啦翻出几页说："你要是能把这些题目做对我就相信你。"

她好胜又倔强，哪里受得了他这种气。不由分说，她夺过书就开始仔细解答。那些题目，总是比她的试卷要难一点点。之所以说只难一点点，是因为这些题目属于少动一点脑筋就会错，多动一点脑筋就会对的那一种。为了不被他怀疑抄袭，每一道题她都不敢掉以轻心，做完了总会仔细检查一遍。所有的题目都被她解答正确，每到此时，她都会开心得跳起来，心里有种扬眉吐气的感觉。她在心里发誓，一定要多争取这样的机会，挫败这个老头最好。

她像小树苗一样慢慢地长大了。她考到了全市最好的一所中学，离开了那个小村庄，离开了他，开始在学校住读了。她顿感海阔天空，像关在笼里多年的小鸟终于翱翔在蓝天上。她的学习成绩一直优秀，她一直是班长。初三的时候，她参加全省的作文竞赛，居然拿了第一名。

她一下子成了学校的名人，几家重点高中纷纷向她伸出了欢迎之手，市电视台也准备采访她和她的家人，探讨一下她的成才之路。老师把这些情况告诉她。她雀跃之后又黯然了。她红着眼圈说："没有人辅导我，我一直是靠自己的努力……"

然后，她把父母的离异以及那个狠心陆老头的事，一五一十全都说给了老师听。她说得很气愤，很伤心。她说她简直怀疑自己不是他的亲孙女。

老师听完后，却叹气摇头，轻轻地说："你这个傻孩子呀，如果没有他，你会有今天的优秀吗？你看你的身体多健康，连感冒都少有，这是因为他纠正了你挑食的毛病。你落落大方，有很好的交际和组织能力，是因为他逼你去和陌生人交往，纠正了你的内向性格。你知道小学一年级的老师是怎么选班长的吗，入学时的学生都一样，看不出成绩来，所以老师一般会选活泼大方、语言表达能力强的。而做了班长的学生自然受到鼓励，会更加自信努力，大都会把班长一年年做到底。你说他总是怀疑你抄袭，拿新习题考验你，这不正好养成你学习认真善于思考的习惯吗？还有，你这次的作文竞赛能拿奖，难道就与你爷爷给你规定的每天20句话没有关系吗？"

她听着听着，心里一堵坚硬了多年的墙，轰然倒塌。她突然想到了一个很好的比喻：良药苦口。而这个陆老头，就是她的一剂良药啊，她一直只觉得苦，却忘了他给她医治了许多成长路上的性格疾患，让她拥有了充满希望的今天和明天。

她对老师说了声“再见”，转身就跑。她跑得很快很快，她再也无法抑制心中的激动与感恩，她要回家，她要去见那个陆老头。她要对他再说 20 句话，而这 20 句都是：亲爱的爷爷，我爱你。

石头和玉

外婆病危的时候，母亲三番五次打电话催我回去，而我总能找到充足的理由推托。20 年前离开外婆那一天我就发誓：今生今世再不见她。

我对外婆的仇恨缘于一场意外。12 岁那一年，我随表哥去给大姨家送土豆，土豆装在麻袋里，麻袋搭在一匹棕色马驹背上。外婆说：“你们俩一人牵着一人赶着，晌午饭之前就能回来。”出了村庄往西，一个山冈连着一个山冈，如果是在除了冬天的任何一个季节，野外的花草瓜果肯定能吸引住不安分的少年之心。然而，这偏偏是一个冷寂的冬日。我和表哥就那样沉默地走着。后来表哥问我会不会骑马，我说我没骑过，不知道会不会。表哥说：“我也没骑过，要不咱们试试?”我双手交叉，呈半蹲状，表哥左脚蹬我双手，右脚踏我肩膀，很潇洒地一步跨上马背。马驹很老实，驮着土豆和表哥，蹄下依然发出一串欢快的脚步声。过了一会儿，表哥下来，我上去，一会儿，再换。有了这样好玩的事情，我们再也不感到沉闷，5 里山路眨眼就到了。

从大姨家回来时，表哥说：“没有土豆了，咱们俩都上来吧。”结果马儿不干了，一个蹶子尥起来，把坐在后面的我甩了出去，正巧碰到一棵歪脖子树上，我顿时就昏迷了。被吓坏的表哥既不扶我起来也不去叫人，只是站在我跟前哇哇大哭。我醒过来后，一只胳膊就抬不起来了，然后就和表哥一起哭。棕色马驹很悠闲地用两只前蹄刨土，飞扬的尘土落到脸上，被泪水一冲，就变成了道道缕缕的泥流。

表哥搀着我回到外婆家时，太阳已经西斜了。外婆抻了抻我的胳膊，我“哇”的一声，惊飞了正下蛋的老母鸡。外婆说“断了”，然后就拉着我那只好胳膊去找汪钟，她说汪钟会接骨。干瘦的汪钟两只手却像两只铁钳，在我的胳膊上一阵游走，每一停顿就会有一阵钻心的疼痛。我像一头就要被宰杀的猪，拼命号叫。外婆用两条腿夹住我的下身，两只胳膊把住我的肩膀，下巴抵住我的头，任铁钳子在我的疼处夹来夹去。

摔断胳膊，找人接骨，以及外婆没有表现出该有的心疼——起码我没有从她脸上看出一点心疼的样子——这都不算什么，可气的是第二天她竟非让我再次骑马回家。刚刚被摔伤，恐惧还张着血盆大口瞪视着我，我怎么敢再骑马呢？可是外婆不管这一套，命令舅舅把我放到马背上，硬是让表哥赶着马上路了。

我的胳膊没有长好，从此成了残疾，虽然是轻微的残疾，但我的心里对外婆有了不可磨灭的记恨。我对母亲说我再也不要见外婆，一直到现在。

不过，外婆咽气之前我还是来到了她的床前，这是母亲施压的结果。见到外婆如同见到一具干瘪的木乃伊，我简直不敢相信这就是20年前那个泼辣、壮硕的女人。而这20年我的变化也绝不亚于外婆，当然，我是由瘦弱到强壮、由寒酸到“高贵”，不用说弥留之际的外婆，就是一起玩大的伙伴也难以认出我了，可是外婆硬说她认得我。她还挣扎着伸出僵硬的手，轻轻地摸索着我的胳膊断断续续地说：“胳膊残了不要紧，心不残才能扛得起人生。要是因为从马背上摔下来而一辈子不敢骑马，真就剩半条命了。”我惊讶一个字不识的外婆能说这么富有哲理的话，同时，也为我的记恨感到羞愧。

在后来少有的一次清醒里，外婆从怀里掏出一块玉按在我手心里，她说这块玉能保平安，她的一大群孙男孙女中就“出息”了我一个，只有我才配得到这块玉。我不以为然，因为这哪是什么玉，不过是一块好看点的石头而已。

3天后，外婆去世了。送走外婆似乎也送走了我与她的恩怨，从此，我不再背负心灵上的枷锁。

回来后就把那块石头放在了窗台上，除了偶尔打扫卫生时挪挪地方外，我从未摸过它。有一天，一个做珠宝鉴定工作的朋友来我家玩，发现了蒙了一层灰的躺在窗台上的石头，便拿在手里把玩，我当笑话把它的来历讲给朋友们听，朋友说：“为什么不拿去检测一下，说不定真是一块玉呢。”

“那敢情好。”我说。我正缺一笔资金周转我的生意，如果外婆在天有知，她应该会帮我渡过这道难关。于是，朋友带走了那块石头。

星期五的晚上，我打发走最后一个员工，跌进坐了4年的老板椅里。这时，一阵急促的电话声突然把我从半昏睡状态叫了回来，黑暗中我熟练地抓起话筒，心竟然跳得厉害，第六感觉告诉我，这里将传出一个不同寻常的消息。果然，急促又带些兴奋的声音说："不得了了，这是块玉，是块真玉。"

我生意上的挫折其实不需要出卖这块玉来拯救，但是，此时的惊醒却让我深深想起了外婆。

这一生外婆实际上送给了我两块玉，一块用来挽救我的生意，另一块用来拯救我的灵魂。她那看似粗糙，却是至宝的爱正是另一块玉。

盛在剩饭里的爱

奶奶一边说，一边把手上的戒指退下来递给我："收好这只戒指吧，足金的哦，肚子饿的时候，可以换两餐饭来吃。"

以前没有冰箱的时候，家家户户都用一个碗橱。碗橱靠墙的那一面是木头的，其他的三面则是纱窗，这样空气可以流通，隔夜的剩菜才不会闷坏。

我们家里，一桌子的嘴，大多都是刁的。从前家里钱不大够用的时候，爸爸也总是会在每个星期天理好一个奶油包头以后到咖啡馆里去坐一坐的。讲这种派头的人，当然是不吃剩菜的。

妈妈是来自一个大家庭的最小的孩子。我们广东人讲"拉女拉心肝"，外婆宠得她这个"拉女"一塌糊涂，她自然是有一张刁嘴的。

至于我呢，有一年爸爸妈妈送我到外地的姨妈家里去，可是我面对一桌生葱和黑乎乎的酱就是不肯动筷，还要摆出一副受了委屈的样子来。表哥看不下去，说我"一看就是一个刁小三"。

只有哥哥好一些，他是个不甚挑剔的人，旧的衣服改一改，他也不介意穿，吃剩菜他也肯的。只是一个正在长身体的男孩，总是要多吃一点好东西的。在这样的家里，吃剩菜的就只有奶奶了。

那时一点可怜的食油都是要凭票才能买的。因为油不够用，姨妈从外国回来的时候，除了送其他的东西，还特地接济每家一瓶油。没有用油炒过的菜，隔了一夜，实在难以下咽。我们的筷子，总是掠过盛着隔夜菜的那个碗，只顾伸去挟刚煮的新鲜菜。而刚刚从厨房里煮完一餐出来的奶奶，将就着剩菜，慢慢就吃完一碗饭了。她吃得很安静，没有我们偶尔吃一次隔夜菜就好像受难似的愁眉苦脸，以至于我以为奶奶煮完饭后吃剩菜是她分内的事情。

属于奶奶分内的事情好像不止这一件。没有冰箱的日子，每天都要去买菜。隆冬腊月的早晨，在妈妈的千呼万唤之下，我才肯从温暖的被窝里伸出一个头，外面的天还不曾亮透呢，奶奶早已经买菜回来了，穿着那件我恨死了的旧棉袄。

我恨那件深蓝色的旧棉袄是有缘由的。有时奶奶买菜回来就急着送我去上学，我嫌那件棉袄太难看了，一定要奶奶换了才肯让她送我去。老师家访的时候，家人把这件事给我揭发了。老师就在班上批评我，说我功课虽然好，可是思想不够好。

我不承认自己思想不好，只会去恨奶奶和那件旧棉袄。可是恨了两天我就不恨了。因为奶奶的菜不仅做得好吃，而且做的时候很好玩，像是游戏似的。我在边上看得着了迷，就忘了自己还在生气，不知不觉插手跟着奶奶一起玩了。

奶奶把大块的猪肉切成丁，用佐料拌匀了来做香肠。她在香肠衣的口上放一只漏斗，漏斗里面放满了肉丁，把肉塞到肠衣里面去了。一根肠衣塞满的时候，就用粗线把两头扎紧了，再找来一根针，在香肠上“噗噗”地刺出许多小孔。然后把香肠吊在阳台上太阳晒不到的地方，说香肠是要这样风干的。

过了几个礼拜，胖胖软软的香肠变成僵头僵脑的一个个“小老头”，这下就可以吃了。奶奶把香肠放在米里一同煮了，饭烧好的时候，香肠也熟了。这样煮出来的饭，真是香极了。奶奶把红色的香肠切成薄片在白色的盘子上铺了一圈又一圈的，看着就让人口水流下来了。那样的一顿饭一家人吃得好开心，只是奶奶究竟吃了几片香肠呢？这好像没有人去关心。

其实奶奶也不是不懂得吃好东西的人。夏天里她脱下平常煮饭穿的旧衣服，换上一套青黑色的衬衫，衣襟上塞一条手帕，脚上换一双黑色的缎子鞋，这就带我上街去。有时候我们去凯司令吃奶油蛋糕，有时候我们也去泰昌吃冰激凌。路过陕西路上那片黑色的竹篱笆的时候，常会看见一个比奶奶还老的老太太坐在地上卖白兰花。奶奶买了花给我别在衣服的扣子上，一下子我们两个人就变香了。奶奶的心情更加好起来，跟我说从前的事："你爷爷常带我去吃大菜，我连大菜里的铁扒鸡都会做！"

我从来没有吃过铁扒鸡，很想知道那鸡怎么好吃法。可是爷爷一早就不在了，生伤寒死的。奶奶24岁就守了寡，也没有动再嫁的念头。爷爷留下的钱用完的时候，奶奶也出去工作过。现在奶奶老了，没有了工作。我想，如果奶奶没有爸爸的话，是不是就要像那个老太太一样大热天里到外面去摆摊卖花了呢？走完那面高高的篱笆墙的时候，我回过头去望一望那个坐在地上的老太太，心里莫名担忧起来，把奶奶的手攥得更紧了。

奶奶没有工作，我不知道她买奶油蛋糕和冰激凌的钱是从哪里来的。我听妈妈说，奶奶当年办的是退职，不是退休。大人说退职就是一次性地拿一笔钱，退休就是每个月可以拿退休金。在妈妈的解释里，仿佛我们家的钱不够用是跟奶奶选择了退职而不是退休有关联的。

我从不随便开口问大人要钱，因为我怕被拒绝的难堪，可是难堪的事情到底还是发生了。

奶奶大概真的用光了全部的钱，我听见她在那里问爸爸要每个月的零用钱。爸爸支吾着不肯给，说去问妈妈要；妈妈也不给，说去问自己的儿子要吧。三个大人就这样一直僵持到夜里。

那天夜里下雨了，我躺在床上睡不着，听着窗外淅淅沥沥的雨声。听到半夜时，野猫出来了。它们在弄堂里玩着玩着就打起架来，一阵狂乱地撕咬声以后，受伤的野猫号哭起来，哭声非常凄惨。我躲在被子里紧张地竖起耳朵，再三确认那是野猫的哭声而不是奶奶的，才把悬着的心放下来。可是眼泪还是流出来了，顺着脸颊一直滚到耳朵里面去。

"快快长大就好了。"我跟自己说，"长大就可以赚钱给奶奶零用了。"

我们吃着奶奶做的新鲜好吃的菜长大了，奶奶却吃着我们吃剩下的隔夜菜变老了。哥哥开始工作的时候，马上给了奶奶零用钱。奶奶拿了钱就立刻去烟纸店买香烛来祭拜爷爷，回家时却发现钱找错了。好多年没有去买过东西，香烛的价钱跟从前已经不一样，连钱的样子也变了。

那天哥哥把老糊涂的奶奶不认得钱的事当成笑话讲给我听，我笑得眼泪都掉了出来。用手去擦眼泪的时候，却发现那些眼泪怎么擦来擦去都擦不干。

"爸妈其实也不是没钞票，"我问他，"为啥就不肯给奶奶一点零用呢？"哥哥不笑了，长久沉默着。

哥哥那时的经济其实也是紧的，工资不多，又要筹办婚事。爸爸把单位里分的另一套房子给了他，其他的事情就全部让他自己操办。他勉强办齐了结婚必备的东西，却再也不够钱给新娘买首饰了。

婚礼的酒席上，奶奶颤颤巍巍地站起来，把新娘子叫过去，然后哆哆嗦嗦地从自己的脖子上摘下一条又粗又长的金项链给孙媳妇戴上。那个沉甸甸的金坠子把一桌子的人都吓了一跳，不知道天天吃隔夜菜的奶奶还藏着这样的好东西，我们从来没有听她提起过呀。

等到我要出国的时候，奶奶老得更糊涂了。她看我一天到晚忙进忙出，也不知道我是在干什么。等到我买了两只大箱子，把自己的家当都装进去的那一刻，奶奶才发觉我要出远门了。

“阿寒，你要去哪里啊？”

“我要出国去读书啊！”我对着她的耳朵大声说。

“什么，你大学都毕业了，还要去读书？”奶奶抬起头来看看我，恍恍地笑着，“你骗我啦，你是想出去找男孩，是不是啊？”

“不是找男孩，”我笑着对着她的耳朵更大声地叫，“我是出国去读研究生啊！”

“奶奶，”哥哥笑嘻嘻地插话进来，他也对着奶奶的耳朵大叫，“阿寒是回香港去摆地摊卖衣服啊！”然后他回头跟我说，“不要去跟奶奶讲啥‘研究生’，她老了，搞不懂。”

“是回香港吗？你们这些人又来骗我了。”奶奶将信将疑，抬起一张因为年老而变得像孩童一样天真的脸来打量大笑着的我们俩。

“是什么都好啦，”奶奶一边说，一边把手上的戒指退下来递给我，“收好这只戒指吧，足金的哦，肚子饿的时候，都可以换两餐饭来吃。”

我是手心里握着奶奶从手指上摘下来的戒指上出租车的，那只戒指上还留着奶奶的体温。可是等我赚到钱的时候，奶奶已经不需要零用钱，连医生也不需要了，我只来得及给奶奶买了大红的寿衣。

那一年我回国的第二天，奶奶就终老了。没有什么可抢救的，身体里所有的机器都老得坏掉，全身的血管都爆裂了。

现在的家里，只要不要求吃鱼翅和熊掌，钱是不会不够用的。冰箱当然是必备的东西，然而剩菜也还是常有的。饭桌上，我把新鲜烧好的菜推到对面去，把剩菜放在自己的面前。看到对面的人吃得很香的样子，我的心里满是欣慰。

我想起小时候的饭桌来，那时奶奶吃着隔夜菜，她心里有的，原来不是苦啊。这样想着，沉重了许多年的心，仿佛有些释然，可是眼泪还是涌上来了。

我放下筷子站起来，假装去看看外面的天气。天空里无声地下着密密的鹅毛大雪，不知什么时候外面的世界已经盖上了一层皑皑的白雪。我久久看着门前的那条小路，白色的小路弯弯地一直延伸到天边去了。泪眼朦胧里，我看见奶奶从小路的那头走过来，她穿着那件蓝色的旧棉袄，两手挽着沉沉的菜篮子，慢慢地走回家里来……

奶奶，你是不是来告诉我，那时你没有工作也没有钱，那是你唯一可以用来爱我们的方式。我现在知道，知道了。

给奶奶挠痒痒

小茜是个懂事的孩子，知道奶奶年纪大了，皮肤干燥，喜欢别人给她挠痒痒，所以，每当奶奶背上痒痒，她就赶紧过来，把软乎乎的小手伸进奶奶的后背，轻轻地挠呀挠的，把奶奶挠得可舒服了！

可是好景不长，小茜今年上了高中，按要求住进了学校，周末才能够回家。临走的那一天，小茜专门给奶奶挠了好一阵痒痒，挠完，奶奶仍旧拉着小茜的手，半天舍不得放，想说什么，又不好开口的样子。小茜突然明白了奶奶的意思，是呀，自己这一走，谁来给奶奶挠痒痒呢？她想到了妈妈，虽然妈妈也很忙，但给奶奶挠痒痒的时间应该是有的。于是，便把自己的请求告诉了妈妈，妈妈犹豫了一下，最后还是答应了。

一个星期很快就过去了，小茜回到家里，第一件事就是去看奶奶。奶奶拉着小茜的手，轻轻地摩挲着，嘴里一个劲儿地喊着："茜儿茜儿呀，你总算回了，奶奶好想你呢！"那神情，就像一辈子没见过面似的，把小茜喊得眼圈都红了。小茜问候了奶奶，又说了一些学校里的事，接着便蹲下来伸手要给奶奶挠痒痒。

奶奶却拦住小茜的手说："茜儿，别挠，奶奶背上不痒。"小茜说："您不是喜欢我挠痒痒吗，就是不痒挠挠也舒服啊！"说着，便把手伸进了奶奶的背后。刚刚触到奶奶背上的皮肤，就觉得不对劲，怎么背上疙疙瘩瘩的呢？她忍不住掀起奶奶的后襟，一看，呀，奶奶背上布满了伤痕，一条一条，像星条旗似的。有的伤痕结了痂，有的甚至轻微感染了。

小茜心里好不舒服，她二话没说，转身冲进厨房，一把拽住正在下厨的妈妈，拖到奶奶身边，让她看看奶奶的后背，妈妈满脸惊讶地说：“这，这是咋弄的?!”

“咋弄的？还不都是您做的好事儿吗?!”小茜眼睛红红的，直瞪着妈妈，“天天教导我们要尊老爱幼，做个孝顺孩子，可您，您就是这样孝顺奶奶的吗？”小茜说着说着，竟呜呜地哭了起来。

妈妈见小茜这个样子，也不知说什么好，默默地找来一些消炎的药膏和棉签，准备给奶奶擦拭伤口。小茜一把夺过妈妈手里的药物，嘴里仍旧不依不饶地说：“早知道这样，当初真不该把奶奶交给你！”

奶奶见小茜一个劲儿地埋怨妈妈，心里过意不去，拦住小茜说：“茜儿，千万别怪你妈妈，这全都是我自己弄的。”

原来，妈妈接到挠痒痒的任务后，下班后就顺便从街边的一个地摊上买回了一只塑料挠子。奶奶见有了挠子，认为自己也可以挠着背了，就没用妈妈来帮忙，妈妈也没再坚持。可没想到，奶奶对塑料挠子过敏，挠过之后，竟出现一串串的红疙瘩，这些疙瘩越挠越痒，越痒越挠，挠着挠着，就把皮肤给挠伤了。奶奶认为这件事没啥，免得添麻烦，便一直忍着，没想到还是让小茜发现了。

小茜知道这些以后，心里的气不但没消，反而对妈妈的意见更大了！她不理解的是：挠痒痒也不是什么技术活，只要有一点点爱心，谁都会挠，凭什么要去买挠子？她又想，干脆把这事儿告诉爸爸，既然妈妈不愿亲自动手，爸爸应该责无旁贷吧！这个念头刚一冒头，她又连忙否定了，为什么呢？因为她老爸管着一家企业，一天到晚忙得不得了，别说给奶奶挠痒痒，就是每天打个照面都难。

这事怎么着才好呢？小茜一时还真没了主意。

这个周末，小茜一直陪着奶奶，为了逗奶奶开心，她还编故事给奶奶听，把奶奶逗得咯咯直笑。小茜真想天天这样，一边给她挠痒痒，一边给她讲故事。就在这时，她突然想到自己每天下午不是还有空闲时间吗？对了，下午放学后就赶回家来给奶奶挠挠痒。

可是，这个计划刚刚实行了一次，就被妈妈制止了。妈妈几乎是用乞求的口气向小茜保证：“小茜呀，你就一心一意读你的书吧，不要天天跑来跑去的，耽误了学习可是大事啊！奶奶挠痒痒的事就包在妈身上！你放心，妈妈决不会让奶奶再吃亏了！”话说到这份上，小茜也不好再坚持了，她半嗔半谐地对妈妈说："您要是再不好好对待奶奶，可别怪我罢课闹革命啊！"

转眼又是周末，小茜当然忘不了给奶奶挠痒痒的事，她就像老师检查学生作业一样，一回到家里，便掀起奶奶的后背看了个遍，见奶奶背上的伤全都好了，这才放心。她挨着奶奶坐了下来，一边嘘寒问暖，一边给奶奶挠开了痒痒。奶奶一高兴，忍不住夸开了孙女儿："茜儿呀，人常说真的假不了，假的真不了。这不，你挠痒痒就是和别人挠的不一样，不轻不重，仔仔细细，好像手指头上长了眼睛，哪里痒痒就往哪里挠，真让人舒服得要死！"

说者无心，听者有意，小茜听奶奶话里有话，便说："您这么说可把妈妈见外了，她可是您的亲媳妇，咋是假的呢?!"

奶奶说："你误会了，我说的不是你妈，是别人。"

小茜更觉奇怪了："别人？哪还有谁给您挠痒痒呢？"

"是你妈请的一个钟点工，每天来给我挠一次痒痒。虽然是用手挠的，可不着点儿，有时候还弄得浑身不自在。"说到这里，奶奶又宽厚地笑了笑，"咋说呢，人家也不容易，农村来的女孩子，比你大不了几岁，听说她兼做好几家的钟点工呢！"

小茜问："那个女孩子呢？"

奶奶说："你妈说你今天回家，就辞了她的工，叫她不用来了。"说到这里，奶奶突然想起什么似的，拍了一下脑门，"你瞧我这记性，你妈要我不跟你说这些，没想到一不留神，全给你说了，你可千万不要跟你妈提这些，免得她呀，说我不守信用！"

小茜听罢，眉头不由皱起了大疙瘩，她真没想到妈妈会是这个样子，当自己的面说得好好的，背后却又变卦。为什么要这样做呢？她真想弄个明白。返校之前，她还是忍不住跟妈妈摊牌说："妈妈，您到底是咋的啦？为什么还要请人给奶奶挠痒痒呢？您真的就那么忙吗？"

妈妈见小茜知道了底细，倒像个做错了事的孩子，脸不由红了红，嗫嚅地说："噢，是这样，妈妈以前没有给人挠过痒痒，怕挠不好，反而弄得奶奶不自在。这几天就请别人顶替了一下，从下周开始，妈妈就会亲手给奶奶挠痒痒了。"

"下周？下周您就学会挠痒痒了？"小茜揶揄地撇了撇嘴，"我真弄不明白，挠痒痒又不是什么高科技，还用得着去学吗？妈妈呀，您别绕圈子了，干脆就给我句实话吧，挠还是不挠？"

“挠挠挠，从下周一开始，每天至少给奶奶挠一次！”妈妈鸡啄米似的直点头，生怕小茜信不过自己，“你看，这几天我把指甲盖儿也剪得利利索索的，还专门在你爸身上练过好几回呢！”

小茜见妈妈神乎其神的样子，暗自好笑，心想，本来举手之劳的事儿，到了妈妈这里，怎么就像登台演出似的，还练上了呢！当然这话不能说出来，她只是给妈妈扮了个鬼脸，就到学校去了。

回校的第二天下午，小茜发现有份重要的学习资料落在家里，只好再回一趟家，她用自备的钥匙打开房门，发现家里静悄悄的。以往这个时候正是妈妈准备晚餐的时候，怎么现在没有一点动静呢？正自疑惑，突然听见奶奶房里传来了细细的鼾声，循声而去，发现奶奶侧卧在床上，正睡得香呢。不可思议的是，妈妈却背靠坐椅，斜躺在地上。只见她脸色发青，双目紧闭，好像昏过去了的样子。她连忙跑过去，拉起妈妈的手，一试，呀，冰凉！小茜吓得大叫起来：“妈妈，妈妈，你怎么啦?!”

小茜的喊叫声把奶奶惊醒了，奶奶一看，也吓呆了，愣了一阵，才想起叫救护车。过了一会儿救护车来了，随后，爸爸也闻讯赶到。经过医生就地急救，妈妈终于醒过来了。在大家的再三询问下，妈妈终于说出了昏倒的原因。

妈妈小时候曾闯过一回大祸。那是邻居家的一位大爷请她挠痒痒，妈妈一不小心，把大爷背上一块血痂给挠破了，没过多久，大爷突然病倒。经省医院专家确诊：大爷的病就是由这次挠痒痒引发的。大爷本来就有创伤性皮肤癌，这种癌细胞很早就潜伏在大爷体内，暴发期间，只要遇到一点点外伤就会急剧恶化，不久便去世了。虽然这并不是妈妈的过错，但它就像噩梦一样留在妈妈的心中，从此以后，她就有心理障碍，再也不敢给人挠痒痒了。

半个月前，小茜请她给奶奶挠痒痒，她才着急起来。当时，她就想把实情告诉女儿，可话到嘴边却又咽了回去。可不是吗，自己迟不说早不说，为什么偏偏在节骨眼儿上说自己害怕挠痒痒呢？这就是她买痒痒挠、请钟点工的原因。

今天她是第一次给奶奶挠痒痒，她咬紧牙关，强忍着心慌，尽可能保持正常状态，好让奶奶安心享受，没想到，当挠得奶奶睡着了的时候，她也倒下了。幸亏小茜及时回家，要不然，后果不堪设想。

小茜得知这些，不由泪流满面，她紧紧地搂住妈妈说：“妈妈，真对不起，女儿错怪您了！”奶奶也连连抱怨自己，不该贪图这份享受，差点害了媳妇的性命。

只有爸爸一言不发，他默默地走到奶奶的身边，把手伸进了奶奶的后背，轻轻地挠了起来。大家见他一副乖孩子模样，忍不住破涕为笑。

想念外婆

或许是这些日子一直处于忙碌和郁闷中，我更加怀念曾经无忧无虑的童年和结婚以前的日子，更加怀念我那过世多年的善良和蔼的外婆。

我母亲的父亲（也就是我的外公），是在我母亲出生三个月的时候，因为战争亡于日本鬼子的子弹下，留给外婆的，只有烈士证书。外婆一个人，带着我的母亲，熬过了最艰难的战争年代。

我在前面写父亲、母亲的故事里说过，因父母支边，我从出生三个月起，就是跟随外婆一起生活的。也许是因为隔辈疼吧，我过去的性格里也就多了些骄横；但也是因为跟随老人一起生活，性格里又多了些传统的东西。

外婆是个很有意思的人，她也常常给我讲她小时候的故事。

外婆的脚被裹过，但是裹得不好，据她说，当时裹脚好疼，村里的女孩都必须裹，她也没有逃出那个时代的习惯。但是，她没坚持下来，就自己偷偷地放开了。家里看她的痛苦的样子，也就没有再逼迫她。但后来，因为她那不大不小又变形的脚，她常常买不到合适的鞋子。

外婆读过书，读到高小。因外婆的父亲是个建筑设计师，所以很重视教育。外婆在当年和其他的孩子一样，很小就结了婚。她说刚到婆婆家的时候，她什么都不会做。她踩着小板凳擀豆面面条，擀了一上午也擀不好。因为结婚前这些活在家里有佣人做，她没做过。她后来跑回娘家，说要回学校上学。她父亲大笑，说：“你回去跟公婆说，咱给他们雇个人干家务，你回学校读书吧。”外婆真的回去就这么说了，是否雇了人我忘记了，但是外婆又重新回到了学校。外公对她非常好。后来，她跟随外公参加了革命，做了卫生员，还入了党。

外婆说她生我母亲的时候，外公在前线，是他的警卫员找人给接生的。在我母亲出生前，老家有人做了个梦，一个奇怪的梦，说是梦见屋子里飞进一只凤凰，飞出一条龙。在母亲出生后不久，这个梦变成了现实。外婆很伤心，因情绪波动太大，她的身体发生了变化，伤口愈合处皮肤很痒，慢慢成了白癜风，后来脸上、手上也发生了同样的情况，但不是很严重，斑斑点点的，像地图。

后来遭遇了“文革”，由于她的家庭成分不好，组织撤销了她的党籍。就是为了这个党籍的问题，印象中我不知陪她跑了多少次信访局。一直到她去世前几年，才给她恢复了党籍。

她经常拿出党证来看，自己高兴得笑。也许一个小小的党证，带给她的，不仅仅是一份荣耀，她一生的辛酸和快乐也许都凝结在这个证书上吧。

外婆的脾气很好，人非常厚道。街坊邻居遇到什么麻烦或家庭纠纷，都喜欢来找外婆聊聊，外婆总能找出合适的解决办法。

外婆还喜欢做红娘，奇特的是，她介绍的对象，多数都成了，而且生活得很幸福。

外婆有一点让我母亲特不理解，就是她太会过日子。其实家里吃的喝的都不缺，而且还绰绰有余。但是，她这一辈子还真没享过福，什么东西不放坏了都不吃。有时我也和她争吵，她总很认真地说：“六零年的时候……”时间长了，就随她去了，只要她高兴。

我父亲有时开玩笑地说：“老太太吃了一辈子烂苹果。”这可是真的，每次别人送来苹果或是我单位分了苹果，她都找有溃烂的苹果吃，把好的放着；过一段时间，她再找出发生溃烂的苹果吃掉，好的再放着……

外婆很节俭，穿的衣服不到实在不能再穿了，她总是要坚持缝缝补补。她自己这样，对家里人也这样。她常说的话是：“新三年，旧三年，缝缝补补又三年。”有时候妈妈生气，说：“现在家庭条件好了，你年纪也渐渐大了，孩子们还能让你吃不上喝不上吗？”她总说：“谁知道以后什么时候再遇到自然灾害什么的。我存着，还不是给你们留的。”

那些时候，我很喜欢过年，年三十的晚上，外婆总是忙着给我赶制新衣服。每年初一的早上，我都可以穿着外婆忙了一夜的新衣服出去拜年。我穿补丁衣服穿到初中二年级，那时我们班只有两个学生穿补丁衣服了，同学们也经常拿我们两个开玩笑，不过好像我们两个从没认为有什么羞耻。也是因为我的母亲为此跟外婆吵了一架，才告别了我的补丁年代。

从小外婆很少打过我，记忆中只有过两次。一次是因为早上起来倒尿盆，那是我第一次倒尿盆，当时我已经 6 岁了，她说我该学习做点家务。我用两个指头捏着尿盆的边缘，没端住，洒了一地。她很生气，打了我的屁股。我哭了，因为这是我第一次挨她的打，那叫一个冤。等我回过头看我外婆的时候，我看见她的脸上也流着泪水。第二次，是刚开始上学的时候，刚学写汉字。老师说我的字不好，让她监督我练习。我草草地写完，想出去玩。她说写得不好，要重新写。我腻歪了好久，在本子上写着她的名字，后面是——大坏蛋！就这样写了两页，等她收我作业的时候，气得又把我反倒在她的腿上，打了屁股。这次，又是我哭，她也哭了。其实那时候看外婆哭，我心里很难过。每次挨打的时候，我都会哭，开始是因为疼，后来是因为内疚。

我在外读书的日子，对外婆的牵挂时时在我的心里。其实当年每次赶着回家，主要是因为想念外婆；而在外面的日子坚持的理由，也是为了对得起每次离家的时候，外婆把我送到大门口，含着泪水，慢慢地向我挥动着她的手臂，白发随风飘扬的时刻。现在回想起来，依稀是在昨天。

工作以后，为了能让我回到她的身边，七十八岁的她，骑着自行车，到各处去签章，还摔断了腿，一连好几个月才恢复。她说，就是想让我回来，在她身边才放心。

在结婚的时候，她说把她存的钱给我，好好置办婚礼和家用。当时我和我的另一半商量好了，不要家里的钱，因为他的父母年岁也大了，老人存的钱真是从牙缝里挤出来的，我们现在挣的比他们多得多，以后需要什么，自己存钱买就可以。即便这样，外婆还是硬塞给我两千块钱，说是有急用的时候，留着吧。结婚之前，外婆日夜赶制了两床褥子，两床被子，用一个大大的有鸳鸯的包袱包着，说："即便以后有一天不在一起了，也不至于把你冻着。"结婚的那天，在车上回头看着送行的家人们，我哭了，当时心里唯一牵挂的，是我的外婆。我不能天天在你身边了，你能好好照顾自己吗？

在孩子两岁的时候，因我们工作都很忙，外婆就把宝宝接到她那里带着。毕竟她的年纪大了，行动也不是很方便，结果被宝宝的童车绊倒了，又一次摔坏了腿。接踵而来的，是持续的低烧。我背她去了医院，做了各项检查。但哪里知道，她再也不可能站起来了。等我第二天去取 CT 结果的时候，最不想发生的事情发生了——外婆得了肺癌。我拿着报告，在医院门口哭着，我不知道我将如何面对我亲爱的外婆。等我平静一些了，拿给一个专家看，我问："她还能活多久？"医生说："已经是晚期了，不好说。"

这个结论令我不知所措了。

等我回到病房，外婆问我："结果出来了吗?"我强笑着，说结果已经给医生了，没什么大碍，感冒引起肺部炎症。她好高兴，说："我就说嘛，一定没事的，出院吧。"我说："还是治疗一段时间吧，咱好了再回去。"我找了个理由，跑了出去。在医院的花园里，我实在不能再控制我的情绪，放声大哭，心里默念着——我要您活着，我可以让您享福了，您不能这样走。

后来因为忙不开，我把我妈妈叫来了，妈妈白天陪床，我上班；晚上我陪床，妈妈回家休息。

有一天，当我走进病房的时候，发现外婆一脸的沧桑和忧郁。我不知道发生了什么事情，没有人会告诉她实际情况啊，我问她怎么了，她也不说话。隔壁陪床的人把我拉了出去，对我说："今天护士来送药的时候，你母亲不在，外婆跟护士开玩笑，说'我已经知道我的病了，还是让我回家吧'。护士说'癌症晚期，还有好的精神，您真坚强'。你外婆就再也没说话。"我当时真急了，找到那个护士，很生气地冲护士发了好一顿火。但是，有用吗?!

渐渐地，外婆的身体越来越虚弱了，淋巴结开始长大，吃饭喝水越来越慢，身体越来越瘦，我不用费太大的力气，就可以把她抱起来。

有一天，我请了假，想在医院多陪她，她问我为什么没去上班，我说请假了。她很生气，用不大的声音说："你妈妈和外公（我妈妈的继父）都在，你请什么假。知道你工作很忙的，你不在别人还要替你干活，快回去，要不我真生气了。"就这样，我不得不回去上班了。但是晚上或周末，还是我陪她。

有一天，隔壁床的人走了，外婆说，看她临走的时候，好痛苦，喘不过来气，憋死了。我和母亲商量，给外婆换到小房间。医生说，只有一个小房间，本来也想把外婆转过去的，怕我们不同意，因为外婆也不行了，那个房间进去的人，都没有活着出来的。我们也只能面对现实了。

到小房间的第二天早上，外婆说她做梦了，梦到了我过世的外公，冲她招手呢。我说她想多了，劝她好好吃药、打针。就这样，在小房间住了有一个月。

有一天，外婆睡了，外公在小房间的另一个床上睡着，我坐在她头旁的沙发上，和她面对面，枕了一个枕头睡着了，做了一个梦：

我和妈妈在一个非常漂亮的河里划船，河边全是绿草和鲜花，河水清清的，还有鱼儿在游。外婆骑了一匹漂亮的枣红马从远处过来，说要带我骑马去。我上了岸，坐到她的身后，抱着她，她带着我沿着河边飞奔着，样子好帅。一会儿就跑到山上。山上有一条很窄的路，在半山腰，马儿一声长鸣停住了。原来前面躺了一个人，那人翻身过来，看了我们一眼，（我记得他的眼睛是浑浊的），翻了个身，让路过去了。但是，从那以后，梦境由彩色变成了黑白的，四周都是灰蒙蒙的。过了山，到了一个桥下，外婆突然从马上掉了下来，我抱着她，她的脸色是灰白色的，她说："我不行了，快叫你外公。"我看看四周，除了山，就是桥，哪里有人啊。我问："外公在哪儿呢？"她说："在桥那边！"我用尽了力气，大喊了一声，结果把我自己吓醒了。对面床上的外公也被我的大喊吓了起来，问："什么事情？"我愣了一会儿，听见外婆很小的声音说要解手。一夜再也没睡着。

第二天早上，我把梦告诉了妈妈。妈妈说，骑马是送信的，好像外公的战马也是枣红色的。我说："我的梦有些时候的实现期是两天。"

于是，我回公司请了假，骑摩托车到处去采购外婆曾经最喜欢吃的东西。那时已经是严冬了，外面刚下过大雪，一路上路很滑，忙忙活活的，忘记摔倒了多少次，我只有一个念头，在想她喜欢吃什么，在什么地方可以买得到，什么时候吃。哪怕她只吃一口，至少在她最后的日子，她还尝到了她喜欢吃的东西。

到第二天下午 6 点多的时候，她已经昏迷了很多次。医生说今天已经过不去了。我回家取了她送老的衣服，守在她身边，把我的额头对着她的额头，心在绞痛。我告诉她：我一定好好活着，好好带大宝宝，我会照顾好她牵挂的人。

外婆走得很安静，没有任何痛苦的表情，只是喘气的频率越来越慢，当最后一瓶点滴拔下的时候，她走了。我的母亲边给她穿衣服，边说："妈，你再也不用打针了，你不是怕打针吗？以后再也不用受罪了。"她们给她穿衣服，我想：我为外婆化妆。于是，我想骑车回家取化妆包，但是，摩托车怎么也打不着火，一看当时的里程表——7444 公里。我想，可能是外婆不想我这时候离开她吧。我一路跑回家，取了东西回来。我给外婆洗了最后一次脸，上了底色，打了腮红，画了唇线和唇膏。依稀看得到她年轻时的风采，她是个漂亮的女人。

第三天，给她送行的时候，去婆婆那里接了宝宝，宝宝说："那天我梦见老姥姥了，老姥姥说她的病好了，不用打针了，她在花园里玩呢，周围有好多小兔子。"后来婆婆说宝宝那天睡着了，醒了就说做梦了，醒的时间是我外婆走的时间。

我带着两岁半的宝宝去太平间，宝宝看到我外婆闭着眼睛，问我："妈妈，老姥姥是不是睡着了？这里很冷的，她会睡感冒的。"我不知道该跟孩子说什么，只是抱着宝宝哭着，说："是啊，老姥姥睡着了，你不是说她在一个很美的地方吗？那里不冷，天堂不冷……"